Andersson   Einsamkeit

Gustav Kiepenheuer
Bücherei   92

Ingrid Andersson
Einsamkeit

Roman

Gustav Kiepenheuer Verlag
Leipzig und Weimar

Originaltitel: Ensamheten
Übertragung aus dem Schwedischen
von Gerhard Worgt

© 1976 Ingrid Andersson
© 1989 Gustav Kiepenheuer Verlag Leipzig und Weimar
(für die deutsche Ausgabe)

ISSN 0433-0153
ISBN 3-378-00323-5

Lizenzausgabe für den Gustav Kiepenheuer Verlag
mit freundlicher Genehmigung von Ingrid Andersson
Zweite Auflage 1990
Gesamtherstellung: Offizin Andersen Nexö,
Graphischer Großbetrieb, Leipzig III/18/38
Schrift: Garamond
Buchgestaltung: Lothar Reher/Marlies Hawemann
Printed in the German Democratic Republic
Bestell-Nr. 812 325 3

I

Signe Larsson saß am Fenster ihres Zimmers in Solgården und wartete auf ihren Sohn. Vielleicht würde er sie einmal überraschend besuchen? Diese Erwartung ließ sie das alltägliche Einerlei im Altersheim ertragen.

Mühsam erhob sie sich, ging zur Kommode und zog eine Schublade auf, in der sie Briefe und andere Papiere aufbewahrte. Sie suchte den letzten Brief von Per-Erik. Er war schreibfaul. Er entschuldigte das immer damit, daß er keine Zeit hätte.

›Wenn ich ihm nur etwas von meiner Zeit abgeben könnte‹, dachte sie. ›Das einzige, was ich habe, ist Zeit.‹

Sie hatte ihm gleich am nächsten Tage geantwortet. Sie war immer so schnell mit der Antwort, weil sie sich so riesig freute, wenn sie einen Brief von ihm erhalten hatte. Er beklagte, daß er immer die Antwort schuldig blieb. Sie verstand das nicht.

Sie suchte in den Papieren. Er mußte doch hier sein! In der letzten Zeit hatte sie maschinengeschriebene Briefe von ihm bekommen. Die lasen sich komisch; es war, als ob dabei etwas verlorenging. Er hatte nicht zur Feder gegriffen; nur seinen Namen ganz unten hatte er mit der Hand geschrieben. Und auch der Name war sonderbar. Er hatte den Namen gewechselt und hieß nicht mehr wie früher. Absender: Erik Larnebro. So stand es hinten auf dem Kuvert. Als wäre es ein Fremder.

Es wurde ihr einen Augenblick schwindlig, und sie legte die Hand über die Augen.

Ihr Per-Erik.

Endlich, da war der Brief. Ein braunes Geschäftskuvert. Sie nahm ihn heraus und las:

›Liebe Mutter!

Ich verstehe, daß Du auf Antwort wartest. Leider bin ich nicht eher zum Schreiben gekommen. Ich habe in der letzten Zeit tüchtig zu tun gehabt. Ich habe die Arbeit gewechselt oder richtiger gesagt, ich bin befördert worden. Das Gehalt ist wesentlich höher, da ich aber jetzt eine verantwortungsvolle Stelle habe, ist meine Freizeit knapp bemessen. Ich mache nicht mehr wie früher um fünf Uhr Feierabend. Es gibt jetzt eine ganze Menge zusätzliche Arbeit. Ich rechne jedoch mit einer Woche Urlaub im Juli, den Rest nehme ich Anfang September. Komme wahrscheinlich im Juli hinauf. Bis bald!

Einen herzlichen Gruß von Deinem Sohn   Erik.‹

Er schrieb nicht Per-Erik wie früher. Nur Erik. Warum wohl? Sie hatte den Brief so oft gelesen, daß sie ihn fast auswendig konnte. Das ›Wahrscheinlich‹ war ihr früher nicht aufgefallen. Es war also nicht so ganz sicher? Sie seufzte und setzte sich in den Schaukelstuhl. Das war ihr eigener. Ein Stück Zuhause. Sie schloß die Augen. Sie fühlte sich plötzlich so müde.

Signe wurde wach, als jemand sie an der Schulter berührte.

»Es ist Badezeit. Wir werden jetzt baden«, sagte die Pflegerin.

»Aber ich habe doch gerade erst gebadet«, sagte Signe.

»Aber nicht doch, das ist schon eine Woche her. So, ich werde Sie jetzt ins Bad hinunterbringen.«

Die Pflegerin hatte Signe fest untergefaßt, und sie gingen den Korridor entlang zum Fahrstuhl.

»Aber wenn ich nun nicht baden will«, sagte die Alte.

»Das wollen wir doch bestimmt. Das ist doch so schön, und man kann dann frische Wäsche anziehen. Kommen Sie nur!«

Signe hatte sich noch nicht daran gewöhnt, sich vor anderen nackt zu zeigen. Sie zog sich langsam aus und legte die Sachen auf der Bank in ihrer Kabine ordentlich übereinander. Sie hüllte sich ins Badetuch.

Die Badefrau wartete.

»Das Badetuch lassen wir aber da drin. Wir können es auch auf den Heizkörper legen, da wird es inzwischen schön warm.«

»Ich bin so mager«, klagte Signe und hielt die Arme über der Brust verschränkt. »Gott, wie ich aussehe!«

Ein Schauder überlief sie.

»Hier wird nicht danach gefragt, wie wir aussehen.« Die Badefrau ließ die Wanne vollaufen und half Signe hinein.

»Ich schaffe es schon selbst«, sagte die Alte.

Die Badefrau tat so, als ob sie nichts gehört hätte. Sie ging resolut zu Werke und seifte ihr den Rücken ein, bürstete ihr die Beine und die Füße mit einer weichen Bürste. Signe wusch sich zunächst das Gesicht und dann den Unterleib selbst. Da ließ sie keinen Fremden heran. Sie saß mit gebeugtem Kopf da, und ihr tropfte die Nase. Sie brauchte ein Taschentuch, und sie bekam eine Papierserviette, damit sie sich die Nase putzen konnte. Das Wasser gluckste aus der Badewanne, und sie fühlte einen lauwarmen Wasserstrahl auf dem Rücken. Ihre Brüste waren schlaff geworden, doch sie hatte einfach nicht die Kraft, sie zu verdecken. Wieder überkam sie diese unbarmherzige Müdigkeit. Würde sie sich denn nie daran gewöhnen? Warum mußte sie immer dieses Schuldgefühl angesichts ihrer Nacktheit empfinden? So war es schon immer gewesen. Wie sollte sie sterben können und wissen, daß jemand sie wusch und in ein Leichentuch hüllte. Ihr schauderte. Sie blieb auf dem Rost in der Wanne sitzen, bis die Badefrau mit dem warmen Badetuch kam und es um sie legte.

»Danke, vielen Dank – wie nett –, wie nett von Ihnen!«

»Das ist nur meine Arbeit«, sagte die Badefrau und half Signe wieder zurück in die Umkleidekabine. Da wartete schon ein Stapel sauberer Sachen auf sie.

›Wie schön, daß es überstanden ist‹, dachte die Alte und prüfte jedes einzelne Stück. Aber ja, das gehörte ihr. Sie sah die Monogramme S. L., die säuberlich angebracht waren. Das Kittelkleid sah recht mitgenommen aus.

›Die Sachen vertragen die Wäsche nicht‹, dachte sie. Doch sie durfte sie nicht selbst in ihrer kleinen Toilette waschen. Sie hatte das einmal getan, kurz nachdem sie nach Solgården gekommen war, und hatte sich einen Tadel dafür eingehandelt. Es hatte auf den Fußboden getropft. Begriff sie denn nicht, daß die Anstalt alles wusch? Es war ein Vorteil, daß man nicht selbst im Wasser herumzuplanschen brauchte. Wie sollte das denn aussehen mit nassen Kleidungsstücken auf den Zimmern? Ja, sie verstand schon, aber sie wollte doch so gern die Bluse, auf die sie Milch verschüttet hatte, auswaschen. Es gibt häßliche Flecken, wenn es erst trocknet, hatte sie gedacht und sie gleich in dem Waschbecken auf der Toilette eingeweicht. Sie hatte sie mit Seife eingerieben und mehrmals gespült und die Bluse dann auf einen Bügel gehängt und den über dem kleinen Fenster eingehakt. In diesem Augenblick war die Heimleiterin gekommen. Signe hatte sich ertappt gefühlt wie ein Kind, das Zucker in der Speisekammer stiehlt. Sie hatte dabei ganz und gar vergessen, noch einmal wegen ihrer schmerzenden Hüfte zu fragen.

»Alles ist in Ordnung«, hatte sie gesagt und sich abgewandt. Eigentlich hätte sie um Schmerztabletten bitten wollen.

›Aber nicht doch, sie brauchte keine Schlaftabletten, sie schlief auch so gut.‹ Sie wußte selbst nicht, was in sie gefahren war. Am liebsten wollte sie allein gelassen werden. Danach hatte sie nie wieder selbst gewaschen. Ja, ja, man muß verstehen …

Die Badefrau begleitete Signe im Fahrstuhl nach oben, dann fand sie selbst zu ihrem Zimmer. Der Fußboden des Korridors glänzte wie frisch gefrorenes Eis. Sie ging mit vorsichtigen Schritten, denn sie hatte Angst, daß sie ausrutschen könnte. Das Zimmer war gelüftet und das Bett frisch bezogen. Gewohnheitsmäßig ging sie zum Fenster.

›Heute kommt er nicht‹, dachte sie, ›es ist jetzt zu spät, vielleicht morgen?‹

Noch ein Tag des Wartens. Wenn Per-Erik am Morgen in Stockholm losgefahren wäre, hätte er schon längst hier sein müssen, falls er nicht unterwegs angehalten hätte, um zu essen. Wenn ihm nur nichts passiert ist! Sie ängstigte sich. Und er schrieb auch nicht!

Sie hörte das Geklapper des Essenwagens, und ihre Gedanken gingen in eine andere Richtung. – Hackbraten mit Soße und Gemüse. Apfelstückchen zum Nachtisch und dann diese kleine rote Vitaminpille in einem durchsichtigen Gläschen. –

Das Essen war gut, und trotzdem hatte sie keinen Appetit. Ob sie die Heimleiterin bitten sollte, daß sie zum Essen in den Speisesaal gehen dürfte? Vielleicht würde sie in Gesellschaft mit anderen besser essen? Es war so töricht, daß sie gebeten hatte, auf dem Zimmer essen zu dürfen, doch am ersten Tage war sie so durcheinander gewesen, daß sie am liebsten allein sein wollte.

Sie hatte zwei belegte Brote bekommen. Das eine versteckte sie in einem Plastebeutel im Schrank. Falls Per-Erik käme, dann könnte sie ihm eine Schnitte anbieten. So hatte sie es nun schon mehrere Tage lang getan. Was sie für ihn aufgehoben hatte, zerkrümelte sie dann am Abend darauf und warf es den Vögelchen zum Fenster hinaus. Einmal hatte sie das Brot in der Toilette hinuntergespült. Sie hatte mehrmals gezogen, aber immer noch schwamm dort das Brot wie eine Mahnung und Enttäuschung zugleich.

›Richtiges Essen vernichten, das zieht Strafe nach sich‹, hatte sie gedacht und sich selbst verachtet.

Sie setzte die Teller zusammen und schaute zur Tür. Bald würde jemand kommen und sie holen. Sie trank den Rest der Milch und stellte das Glas auf die Teller.

Signe faltete die Hände in Dankbarkeit für das Essen. Das war eine alte Gewohnheit aus ihrer Kindheit, wenn sie das Tischgebet sprach. Der Vater betete es den anderen immer laut vor. Es war eine Gnade, sich satt essen zu dürfen. Etwas, wofür man danken mußte.

Ihre Gedanken gingen zurück in die Küche mit dem Klapptisch und den roh gezimmerten Stühlen. Sie erinnerte sich an die Mutter, die am Herd stand. An den eisernen Topf und an die kupferne Wanne. An die Tür zur Speisekammer. Und an die Zuckerdose, in die sie Hutzuk-ker in kleine Stückchen zerbrach. Ob die Zuckerdose wohl noch da war? Vielleicht hatte Per-Erik sie an sich ge-nommen? Sie würde ihn fragen, wenn er käme, obwohl sie schon wußte, was sie zur Antwort erhielte. ›Man kann schließlich nicht alles aufheben, das weißt du doch.‹

Nein, man kann nicht alles aufheben. Das mußte sie einsehen. Man bekommt alles nur geliehen. Auch das Leben. Nichts konnte sie mitnehmen ins Jenseits.

Sie schaute sich im Zimmer um. Einige eigene Sachen hatte sie noch behalten. Der Schaukelstuhl nahm viel Platz ein. Sie hatte gewählt zwischen ihm und dem Schreibschrank. Beide hatten nicht Platz. Aber die Braut-truhe konnte sie noch zwischen den Nachttisch und die Kommode hineinzwängen. Das Bild über dem Bett war auch ihr eigenes. Per-Erik konnte nicht verstehen, warum sie gerade dieses Bild hatte mitnehmen wollen.

»Das ist doch der reinste Kitsch«, hatte er gesagt. Sie würde es ihm erzählen, wenn er käme. Er war damals zu klein, um sich daran zu erinnern, wie John und sie das Bild gekauft hatten. Sie waren sich über den Kauf einig gewesen, daran erinnerte sie sich.

Es war Spätherbst mit Nachtfrost und kalten Winden. Ein Bilderhändler war abends gekommen und hatte bei ihnen am Gehöft auf dem Lande angeklopft. Er wollte Kunst zeigen, sagte er. Weder John noch Signe hatten Interesse dafür, aber weil der Mann so durchfroren aus-sah, durfte er hereinkommen. Er stellte seine Bilder auf die Stühle und den Abwaschtisch, dann wärmte er sich die Hände über dem Küchenherd.

»Wir kaufen nichts«, hatte John gesagt.

»Ich verkaufe billig, denn ich brauche Geld für Essen und Kleidung«, er stand mit dem Rücken zu ihnen.

»Warum gehst du keiner richtigen Arbeit nach?« fragte John.

»Ich bin krank gewesen, habe im Sanatorium gelegen. Dort habe ich dann angefangen zu malen, damit die Zeit vergehen sollte.«

»Dann bist du also gar kein richtiger Künstler?«

»Nein, aber ich wünschte, ich wäre es.«

»Du bist wenigstens ehrlich«, sagte John.

»Ja.«

»Das Bild mit dem Flieder ist ganz hübsch«, sagte Signe und sah John dabei an.

»Tja, aber der, der da draußen im Sommer an der Hausecke blüht, ist schöner«, meinte John.

»Das ist doch ganz klar«, Signe wies auf die Schuhe des Mannes. Die waren dünn und abgetragen. John nickte, er verstand.

Der Verkäufer stand noch immer wie in einer anderen Welt und hielt die Hände über den warmen Herd.

»Was möchtest du für das mit dem Flieder haben?« fragte John.

Der Mann wandte sich zu ihnen um und sagte zögernd: »Fünfzig Kronen.«

Das war viel Geld zu jener Zeit, der Lohn für mehrere Tage Arbeit im Wald für John. Eine Sorgenfalte zeigte sich zwischen seinen Augenbrauen. Das Geld wurde für andere Dinge gebraucht. Freilich, sie hatten Milch von ihrer Kuh und Eier von ihren Hühnern. Bald würden sie auch Fleisch haben, doch erst gegen Weihnachten, wenn das Schwein geschlachtet wurde. Sie litten keine Not. Aber ein Bild? Das war Luxus. Sie hatten noch nie eins gehabt.

»Wir können es doch mal probeweise aufhängen«, sagte der Verkäufer und schaute sich um. Er stand auf der Schwelle zum Wohnzimmer und zeigte auf die Wand über dem Sofa. John holte Nagel und Hammer.

Da hing das Bild nun wie eine Erinnerung an den Sommer.

Signe setzte die Kaffeekanne auf das Feuer, machte Brote zurecht und deckte auf dem Küchentisch. Der Fremde mußte etwas Warmes in den Bauch bekommen.

»Aber ist da nicht etwas falsch auf dem Bild, daß da ein Fliederzweig auf dem Tisch liegt und nicht mit in der Vase steckt«, sagte John nachdenklich, der immer ein praktischer Mann war.

»Gewiß, das ist falsch. Es ist immer etwas falsch, wenn man ins Abseits gerät«, sagte der Künstler.

Signe ging zur Türschwelle. Sie stand dort mit dem Buttermesser in der Hand und schaute das Bild an.

»Der Zweig verwelkt bald ohne Wasser«, stellte sie fest.

»Ja, der wird eher verwelken als die anderen. Das ist gerade so, wie man sich fühlt, wenn man krank ist, einsam und voller Angst vor dem Tode. Ich weiß, wie das ist. Deshalb habe ich das Bild so gemalt.«

»Dazu muß man gesund sein«, sagte John nach einer Weile. Er ließ die Augen nicht von dem Bild.

»Gefällt es dir?« wollte der Fremde wissen.

»Ja, und vor allem wegen dem, was ich erst für falsch gehalten habe, aber jetzt verstehe ich, wie du das meinst.«

Signe goß Kaffee ein und bot die Brote an.

»Der Oberarzt im Sanatorium war sehr kunstinteressiert«, berichtete der Mann. »Ich lag nur auf meinem Bett und hatte zu nichts Kraft. Alles war düster und hoffnungslos. Da kam ›Pappa Helge‹, ja, wir Patienten nannten ihn so, und gab mir ein Buch über Kunst. Wenn ich es gelesen hätte, wollten wir darüber sprechen, sagte er. Ich sollte zu ihm nach Hause kommen, in seine Wohnung, müssen Sie wissen. Dort würde ich Kunst zu sehen bekommen und einen richtigen Künstler treffen, sagte er. So kam es auch, und ich bekam Farben, Pinsel und Leinwand vom Doktor. Welch ein Mensch! Ich werde ihn nie vergessen. Er hat vielen das Leben erhalten, weil er sich so um uns gekümmert hat. Es ist dann allerdings etwas anderes, Kunst zu verkaufen und sich davon zu ernähren«, seufzte er.

»Ja, das muß schwer sein«, sagte John verständnisvoll.

»Du sollst entscheiden, du«, sagte er zu Signe.

Sie dachte an die herbstliche Kühle und an die dünnen Schuhe des Mannes. Wenn sie das Bild kauften, konnte er sich Schuhe kaufen. John gefiel das Bild und ihr auch. Sie hatten einiges erspartes Geld in der rechten Schublade des Schreibschranks. Und sie beide waren gesund. Sie holte das Geld und bezahlte. Sie hatten ihr erstes Bild gekauft. Sie würde Per-Erik alles erzählen, wenn er kam.

Signe hatte nicht gemerkt, daß die Pflegerin die Teller und das Glas geholt hatte. So war es oft, wenn sie in Gedanken versunken war. Dann gab sie vielleicht eine falsche Antwort oder überhaupt keine, wenn das Mädchen fragte, ob das Essen geschmeckt hatte. Sie erinnerte sich an nichts. Es fiel ihr schwer, sich an das zu erinnern, was jetzt um sie herum geschah, dagegen wurde alles Frühere immer deutlicher. Sie verweilte in ihren Kindheitserinnerungen. Sie nahm den Duft von frischgemähtem Heu wahr und lief barfuß um ihr Elternhaus. So entzog sie sich der Wirklichkeit des Alltags.

»Und Sie können sich wohl selbst waschen und ausziehen?« Die Pflegerin stand mit ihrem Medizintablett im Zimmer.

»Können Sie nachts gut schlafen?«

»Ja – gewiß.«

»Sonst können Sie auch gern eine Pille haben, damit Sie nicht wachliegen und denken müssen.«

»Ich will aber denken. Die Gedanken kann mir niemand nehmen, noch nicht«, sagte Signe.

»Und Sie haben keine Lust, den Abendkaffee zusammen mit den anderen im Fernsehraum einzunehmen?«

Sie zögerte.

»Es wäre schön, wenn Sie hier neue Freunde bekommen könnten. Wir haben ja eine ganze Reihe von Aktivitäten für diejenigen, die mitmachen können.«

»Ich habe meine Häkelei und ... und ...« Sie suchte nach Worten.

»So sagen wir also, daß Sie zu den anderen hinuntergehen und da Kaffee trinken? Um sieben Uhr.«

»Wenn es sein muß.«

»Wir zwingen niemanden. Natürlich ist das freiwillig.« Die Pflegerin schickte sich an zu gehen.

»Mein Sohn kommt wahrscheinlich im Juli hierher.« Signe wollte so gern von ihm erzählen.

»Wie schön.« Die Pflegerin hatte schon die Türklinke in der Hand.

»Ich habe einen guten Sohn, und tüchtig ist er auch.«

»Das glaube ich gern. Sagen wir also um sieben im Fernsehraum.«

Damit ging sie.

Ja, ja. Wenn John gewußt hätte, wie alles kommen würde. Daß sie so vereinsamen würde. Denn vereinsamt war sie. Per-Erik war so weit weg. Er hatte genug mit sich selbst zu tun. – Man kann sein Leben nicht an einen anderen Menschen hängen – hatte er gesagt. Was er wohl damit meinte? Sie hatte ihn fragen wollen. – Ich kann es nicht verantworten, daß Mutti allein in einem Häuschen auf dem Lande sitzt, weit weg von Nachbarn, falls etwas passiert. – So hatte er auch gesagt, als John tot war. Verantworten, was … Ja, ja.

Sie ging zur Toilette und benetzte das Gesicht mit kaltem Wasser. Sie stand vor dem Spiegel und kämmte sich. Das Gesicht war bleich und schmal, und das Haar war grau und kräuselte sich am Ansatz. Sie sollte sich vielleicht umziehen, wenn sie zu den anderen ging, überlegte sie. Aber es war doch nur ein gewöhnlicher Wochentag, und das Kittelkleid war sauber. Das würde es schon tun. Sie hatte keine Lust, andere zu treffen, sie hatte nie welche gehabt, seit sie nach Solgården gekommen war. Meist hatte sie am Fenster gesessen und ein Weilchen gehäkelt, ehe sie zu Bett gegangen war.

Sie häkelte Spitzen fürs Bettlaken. Eine völlig unnötige Arbeit, denn Per-Erik hatte schon mehr bekommen, als er brauchte. Früher hatte sie die immer an Nachbarn und Bekannte verkauft und ein paar Groschen dafür bekommen. Hier gab es niemanden, der etwas brauchte. Sie kannte niemanden; obwohl sie mehrere Leute auf dem Korridor getroffen hatte, wurde kein Wort gewechselt.

Auf dem Nachttisch lag Johns Taschenuhr. Die hatte sie an Stelle des Regulators mitgenommen. Sie hielt die Uhr in der Hand und zog sie auf. Fühlte irgendwie Johns Nähe. Sie hörte nicht mehr das Ticken, wenn sie

sie ans Ohr hielt, aber sie sah, wie sich der Sekundenzeiger bewegte. Die Zeit verging. Es war bald soweit, in den Fernsehraum zu gehen. Sie tat einen tiefen Atemzug, es war fast ein Seufzer. Es war ihr, als müßte sie verreisen. Sie bereute, daß sie es versprochen hatte.

Ob sie die Handtasche mitnehmen sollte? Wie machten das die anderen? Sie blieb mitten im Zimmer stehen. Warum sich nur immer wieder Gedanken machen, wie die anderen es wohl täten, was die anderen dächten und meinten. Sie würde doch wohl selbst noch Entscheidungen für sich treffen können, vorläufig noch – dachte sie und steckte die Brille und ein sauberes Taschentuch in die Tasche des Kittels. Mehr brauchte sie nicht. Sie verschloß die oberste Schublade in der Kommode, wo sie einen Teil ihrer Habseligkeiten aufbewahrte, versteckte den Schlüssel unter dem Kopfkissen und verließ das Zimmer.

Den Korridor entlang und dann nach rechts. Sie blieb in der Tür stehen und sah, daß der Fernseher schon angestellt war und daß einige bereits Platz genommen hatten. Couchgarnituren und Sessel. Sie suchte einen gewöhnlichen Stuhl. Es war so schwierig, aus den niedrigen Möbeln hochzukommen. Die eine Hüfte war wie steif und schmerzte mitunter.

Einige Alte drängten herbei, und sie trat zur Seite. Ja, dort ganz hinten waren ein Tisch und gewöhnliche Stühle. Sie ging dorthin und setzte sich. Eine Pflegerin kam mit einer alten Frau im Rollstuhl und plazierte sie am gleichen Tisch.

»Ich heiße Hanna«, sagte diese und reichte Signe die Hand, »bist du hier neu, ich habe dich noch nicht gesehen?«

»Ich bin bald zwei Monate hier«, antwortete Signe.

»Du hast vielleicht krank im Bett gelegen.« Hanna sprach unnötig laut.

»Nein, ich bin Gott sei Dank immer gesund gewesen.«

»Ich bin schon lange hier – mehr als drei Jahre. Ich habe den Schenkelhalsknochen gebrochen, und behindert, wie ich bin, kam ich zu Hause nicht mehr allein zurecht. Man gewöhnt sich ein und ist dankbar für die Hilfe, die man bekommt.«

Einige drehten den Kopf um und zischten. Signe antwortete nicht, sondern schaute statt dessen zum Fernseher.

»Wie heißt du doch?« fragte Hanna.

Signe sagte ihren Namen leise, um nicht zu stören.

»Ich höre nicht so gut – hast du Signe gesagt?«

Signe nickte.

»Es gibt nur Krieg und Elend auf der Welt«, klagte Hanna, »und so etwas soll man sich ansehen.«

»Du brauchst ja nicht hinzusehen, wenn du nicht willst. Die Wahrheit tut oft weh«, sagte ein alter Mann.

Die meisten saßen schweigsam und tauchten ihre Zwiebäcke in die Kaffeetasse. Einige saßen nur so da. Körperlich und geistig erstarrt. Eine Pflegerin ging herum und bot noch Kaffee an. Sie war jung und ging mit elastischen Schritten.

Panzer rollten auf dem Bildschirm heran.

»Können wir nicht ein anderes Programm einschalten?« bat eine kleine alte Frau ganz vorn am Fernseher.

Jemand ging und drückte auf einen anderen Knopf. Da kam gerade ein alter Spielfilm auf englisch mit Musik im Hintergrund.

»Man versteht ja gar nicht, was die sagen«, stöhnte jemand.

»Lies doch die Untertitel«, sagte ein anderer.

»So schnell kann ich ja gar nicht lesen, und die Buchstaben tanzen«, schrie Hanna.

»Denkt denn niemand an uns Alte, wenn die die Programme zusammenstellen?«

Signe sah und hörte alles um sich herum wie etwas Unwirkliches. Sollte sie da tatsächlich unter Fremden sitzen und nicht zu sich nach Hause gehen können? Feuer im Herd machen und den Kaffeekessel aufsetzen. Auf die Haustreppe hinausgehen und den Sternenhimmel ansehen. Den Hund hereinlocken und ihm zu fressen geben. Sie sehnte sich zurück in ihre alte Küche mit der Holzkiste und dem Wassereimer. In das Wohnzimmer mit den alten abgenutzten Möbeln. Den Pelargonien auf dem Fensterbrett. Alles hatte man ihr weggenommen. Doch müßte sie dankbar sein, weil sie ein so schönes Zimmer bekommen hatte. So hatte Per-Erik gesagt. Aber er würde sie hier herausholen. Natürlich würde sie den Sommer richtig erleben dürfen. Sie sollte zu ihm nach Hause kommen, sobald er alles hatte regeln können. Sie müßte das verstehen.

»Hast du Kinder?« fragte Hanna.

»Ja, ich habe einen Sohn. Einen guten Sohn«, sagte Signe.

»Ich habe fünf Kinder, aber du weißt ja, wie das ist, eine Mutter kann fünf Kinder ernähren, aber fünf Kinder können nicht eine Mutter versorgen. Anfangs sollte ich eine Zeitlang bei einem jeden sein. Du lieber Gott. Nirgends fühlte ich mich zu Hause. War allen zur Last.«

»Mein Sohn kommt bald nach hier. So hat er geschrieben.«

»Anfangs kommen sie immer und bringen Blumen und Süßigkeiten mit. Dann werden die Abstände zwischen den Besuchen immer größer. Schließlich hat man sich nichts mehr zu sagen außer dem Üblichen, daß das Essen gut und das Personal nett ist. Sie sitzen da und drehen und wenden sich und schauen auf die Uhr. Gott weiß, woran sie denken.«

»Die werden auch ihre Probleme haben«, sagte Signe und dachte dabei an Per-Erik.

»Ist er verheiratet?« Hanna war neugierig.

»Nein, er ist nicht verheiratet. Er wohnt mit einem Mädchen zusammen. So machen sie's ja heutzutage. Ich habe Monika noch nie getroffen. Per-Erik ist immer allein gekommen. Sie sind übrigens noch nicht so lange zusammen. Er hat früher immer gesagt, daß er mit seiner Arbeit verheiratet ist. Er ist schon immer sehr tüchtig gewesen, er hat Kurse besucht, um etwas zu werden.«

»Oh, was ist er denn geworden?«

»Er hat eine verantwortungsvolle Stellung«, sagte Signe feierlich und war dabei stolz auf den Sohn.

Die alten Leute waren einer nach dem anderen weggegangen. Hanna und Signe saßen noch allein im Fernsehraum.

»Nun haben die mich vergessen«, klagte Hanna. »Ich kann nicht allein zurückfahren.«

Signe stand auf und ging in die Küche. Das Personal hatte Kaffeepause. Sie saßen an einem Tisch und plauderten und lachten. Einige standen am offenen Fenster und rauchten. Es wurde still, als Signe eintrat.

»Ja, Hanna möchte in ihr Zimmer.«

»Geht in Ordnung.« Das Mädchen, das Kaffee nachgeschenkt hatte, erhob sich sogleich und ging zu Hanna. Sie löste die Bremse am Rollstuhl, und geschickt schob sie los über den Korridor.

»Bis bald«, winkte Hanna zum Abschied.

Signe ging langsam. Sie blieb stehen und sah sich die Blumen auf dem Fensterbrett an. Aus alter Gewohnheit fühlte sie, wie die Erde war. Die war trocken. Die Blumen mußten gegossen werden. Ja, ja; das war aber nicht ihre Aufgabe. Sie mußte lernen, sich nicht darum zu kümmern; so werden wie die anderen. Der Korridor war still und verlassen. Die meisten waren zu Bett gegangen. Einige hatten sich schon vor mehreren Stunden hingelegt. Die sich nicht selbst auskleiden konnten, wurden gleich nach dem Abendessen für die Nacht vorbereitet.

Das Fenster in Signes Zimmer stand angelehnt. Sie machte es zu und ließ die Jalousie herunter. Sie zog sich langsam aus und legte wie immer ihre Sachen ordentlich übereinander. Sie war für alles bereit. Wenn ihr etwas in der Nacht zustoßen sollte, würden sie alles geordnet vorfinden. Den Schlüssel legte sie wieder an seinen Platz. Sie zog das Tischtuch glatt und ging zum Toilettenraum. Sie nahm die Zahnprothese heraus und bürstete sie unter fließendem Wasser ab. Sie tat sie wieder in den Mund und verspürte einen frischen Pfefferminzgeschmack. Schön, daß sie noch selbst zurechtkam. Man mußte nicht, wie einige, beim Stuhlgang um Hilfe bitten. Sie spülte nach.

Es war kühl und angenehm im Bett. Sie hatte hier ein

besseres Bett als zu Hause, das mußte sie zugeben. Und sie brauchte nicht zu waschen. Sie brauchte sich keine Sorgen wegen des Essens zu machen. Signe schloß die Augen und versuchte zu schlafen. Sie faltete die Hände zu einem stillen Gebet. Ihr Gottesglaube war nicht frei von Zweifeln. Sie konnte Gott nicht sehen, soviel sie auch betete. Mitunter überkam sie eine Angst vor dem Unbekannten. Sie fürchtete sich vor dem Tode, aber mehr noch vor dem, was davor kommen könnte. Würde sie ebenso wie Hanna auf die Hilfe anderer angewiesen sein? Vielleicht noch mehr? Lange liegen müssen, vielleicht nach einer Gehirnblutung gelähmt? Nicht mehr in der Lage sein, ihren Körper unter Kontrolle zu haben. Unter dem Laken war ein Plasteschutz für die Matratze. So wäre das in allen Betten, hatte die Pflegerin gesagt, als Signe gebeten hatte, die Plaste wegzunehmen. Die machte so heiß und klebte am Rücken.

Sie legte sich auf die Seite. Sie hatte ein beklemmendes Gefühl in der Brust, und das Atmen fiel ihr schwer. Sie hatte Medizin, die sie bei Bedarf nehmen konnte. Die Schachtel war im Nachttischkasten. Gefäßkrampf – hatte der Arzt gesagt. Das hatte sie schon seit vielen Jahren, und sie hatte sich an den Schmerz in der Brust gewöhnt, der nach dem linken Arm bis hinunter in den kleinen Finger ausstrahlte. Wenn sie eine Tablette nahm, ging das bald vorüber. Sie schaltete die Lampe an und tastete nach der Schachtel. Die war nicht da. Sie mußte sich im Bett aufsetzen und nachdenken. Wann hatte sie zuletzt eine Tablette genommen? Sie mußte die Schachtel woandershin getan haben, doch wohin? Vielleicht war sie in der Handtasche? Sie stand auf und suchte. Sie leerte die Handtasche auf dem Tisch. Nein, da war keine Schachtel drin. Sie schaute zur Klingel am Kopfende. Sollte sie läuten und um Hilfe bitten? Da würde jemand kommen, das wußte sie, obwohl sie noch nie jemanden bemüht hatte. Wenn sie nur die Schachtel finden könnte, dann würde alles wieder gut. Der Schweiß klebte ihr im Nacken. Sie legte die Hand über die Augen und versuchte, sich zu erinnern. Alle Tage waren sich so gleich und schemenhaft wie Nebel. Die Schachtel hatte sie schon lange nicht mehr in der Hand gehabt. Nicht in der Jackentasche, nicht in der Kommode. Eine kleine weiße Tablette, und alles wäre wieder gut. Und Per-Erik käme und holte sie im Sommer hier heraus. Und sie würde ihm sagen, wie gern sie ihn hätte. Wie sie sich danach gesehnt hätte, wie groß die Freude war, einen Sohn zu haben. Sie öffnete die Schranktür und fand die Schnitte im Plastebeutel. Die war für ihn, wenn er morgen kommen sollte. Und dahinter im gleichen Fach stand die Arzneischachtel. Die Hände zitterten ihr, als sie sie öffnete. Sie nahm eine Tablette, danach setzte sie sich auf die Bettkante und schaute auf den Tisch, wo die ausgeleerte Handtasche lag. Wie sie sich bloß anstellte! Dann wieder war es die Brille, die sie verlegt hatte und überall suchte. Nur gut, daß niemand dieses Elend sah. Gleich würde sie aufstehen und alles wieder in Ordnung bringen. Doch zunächst mußte sie sich ein Weilchen ausruhen. Nur einen Augenblick. Sie fühlte sich so alt. Sie tat alles wieder an seinen Platz. Dann lehnte sie sich in das Kissen zurück und zog die Decke über sich. Es war jetzt vorbei, und eine große Müdigkeit und Erleichterung überkam sie. Die Unruhe und die Schmerzen waren abgeklungen, und sie fiel in Schlaf.

2

Sie erwachte früh am Morgen. Das Erwachen war immer schmerzlich. Mitunter wußte sie nicht so recht, wo sie sich befand. Es dauerte immer eine Weile, bis sie alles in ihrem Inneren geordnet hatte. Sie lag wie in einem Dämmerzustand, ehe sie die Wirklichkeit begriff und dem Tag entgegensehen konnte.

Sie hörte schnelle Schritte im Korridor. Es war sieben Uhr, und die Tagschicht war gekommen. Einige der Alten brauchten Hilfe bei der Toilette und beim Ankleiden. Einige wurden zu ihrem Stuhl am Tisch und am Fenster gebracht, wo sie in Erwartung des Frühstücks saßen. Einige gingen mit vorsichtigen Schritten zum Speisesaal. Sie hörte, wie müde Füße an ihrer Tür vorüberschlurften.

»Ei und Sauermilch oder vielleicht Haferbrei«, hörte sie eine Stimme in der Türöffnung. Der Essenwagen klapperte draußen. Sie wählte Ei und Sauermilch und bekam noch eine kleine Schale mit Cornflakes.

Das Essen wurde zu einer kleinen Zeremonie. Sie hatte keine Eile damit. Sie nahm zunächst das Ei und schlug es auf. – Wie schön war es doch, als man noch selbst Hühner hatte und somit immer frische Eier. Es war immer so schön, ins Hühnerhaus zu gehen und mit Gegacker und Flügelschlagen empfangen zu werden. Körner ausstreuen und dabei das Gedränge um die Beine herum und dann im Legekorb nachsehen, ob Eier drin waren. Das war ein Glücksgefühl, das ihr erst jetzt richtig bewußt wurde. Und wie vernarrt Per-Erik in die Küken war! John hatte aus Brettern Käfige gezimmert und daran Maschendraht befestigt. Wenn im Frühjahr das erste zarte Grün hervorsprießte und die Nächte nicht mehr so kalt waren, hatten sie die Küken hinaus in die Käfige gebracht, die immer wieder versetzt wurden, wenn die jungen Triebe abgefressen waren. Sie hatte Näpfe mit Wasser und Küchenabfälle zu den Käfigen gebracht. Sie hatte die Küken wie kleine Kinder betreut. Die Glucke hatte ihre Flügel ausgebreitet und hatte versucht, all die Kleinen unter sich zu sammeln. Schließlich reichten die Flügel nicht mehr für alle. Die Größten und Tüchtigsten gingen ihre eigenen Wege, genau wie die Menschen. Ja, ja. Und auf dem Kleinsten und Schwächsten hackten die anderen herum. Aus der Gemeinschaft verstoßen. Wie bei den Menschen.

Sie zerdrückte die leere Eierschale und legte sie neben den Eierbecher.

Sie schüttete ein Häufchen Cornflakes über die Sauermilch und aß dann vom Rande her zur Mitte hin.

John und sie hatten immer Fladenbrot in die Sauermilch gebrockt. Diese Sauermilch mit einer Sahnehaut schmeckte anders. Und das Fladenbrot erst! Sie buk es im Herbst und im Frühjahr immer selbst im Backhaus. Sie buk es direkt auf der Steinplatte im Ofen. Sie rührte den Teig am Tage zuvor ein, und John hackte dafür Holz in kleine Stückchen. Am folgenden Tag, nachdem sie gemolken hatte und mit der Kuh zur Weide gegangen war, machte sie sich ans Backen. John hatte schon die Platten angeheizt und einen verrußten Kaffeekessel in die Glut gestellt. Nach der ersten Backprobe tranken sie immer gemeinsam Kaffee und kosteten das Brot. Sie schnitten Streifen von einer gepökelten Hammelbrust und taten sie in den Kaffee. Das war Johns Idee. Er kam aus dem hohen Norden und hatte diese Gewohnheit mitgebracht. In seiner Heimat nahm man hierfür gepökeltes Rentierfleisch. Es ging aber genausogut mit Hammelfleisch, behauptete er. Im Kaffee wurde das Fleisch weich und schmeckte frisch, und es ließ sich leichter kauen. Es sättigte für einen ganzen Arbeitstag. Sie lächelte bei dem Gedanken, wie sie den Brotteig auf dem Backtisch ausgerollt hatte, wie sie ihn auf dem großen runden Brotschieber mit Löchern versehen und ihn dann mit einem Ruck auf die Platte befördert hatte. Sie wendete das Brot drinnen in der Wärme, hob es mit einem dünnen Schieber von unten an, damit es nicht anbrennen konnte.

Wie ihr der Rauch in den Augen brannte, wenn sie zwischendurch mit dem Feuerhaken im Ofenloch schürte.

Dann das Brot im richtigen Augenblick herausholen, die Rußflocken und das überflüssige Mehl wegbürsten. Das flache Brot übereinanderklappen und auf ein daneben ausgebreitetes sauberes Tuch legen. Da konnte man nicht dabeistehen und träumen, sondern mußte die ganze Zeit über flott die verschiedenen Handgriffe tun, damit das Backen gut gelang.

Die Krumen, die sie den Vögelchen hinstreute: eine Sitte, von der man sagte, daß einem dadurch das tägliche Brot beschert wurde. Auch im Kleinen etwas von dem Seinigen abgeben.

»Möchten Sie Kaffee oder Tee, Tante Larsson?« fragte ein Mädchen, das in jeder Hand eine Kanne hielt.

»Kaffee natürlich«, sagte Signe ohne langes Überlegen. Seit sie wach war, hatte sie schon Appetit auf Kaffee.

Dieses Mädchen erkannte sie wieder. Sie hieß doch wohl Eva. Signe wollte sie gerade nach dem Namen fragen, doch da hatte sie die Tür auch schon wieder geschlossen. Schade, daß die es immer so eilig hatten. Das war ein nettes Mädchen. Sie hatte einmal Briefmarken für Signe gekauft und auch einen Brief für Per-Erik mitgenommen. Sie hatte das Mädchen mehrmals gefragt, ob sie auch nicht vergessen hätte, den Brief in den Kasten zu stecken.

»Aber nicht doch«, hatte sie versichert.

Trotzdem ließ die Antwort des Sohnes lange auf sich warten.

»Hast du ihn wirklich eingeworfen?«

»Ich schwöre es«, hatte sie gesagt und zwei Finger in der Luft gekreuzt, so wie man es als Kind gemacht hatte.

Dieses Mädchen wagte sie bei Kleinigkeiten um Hilfe zu bitten. Einmal hatte sie für Signe die Nadel eingefädelt, als sie einen Knopf annähen wollte.

›Sie hieß doch bestimmt Eva?‹

Es war so schwer, sich Namen zu merken.

Jetzt kam sie, um das Tablett zu holen.

»Hat das Essen geschmeckt?« fragte sie.

»Warte doch mal einen Augenblick! Du heißt doch wohl Eva?«

»Ja-a.«

»Kannst du dich denn nicht einmal einen Augenblick setzen?«

»Leider habe ich gerade jetzt keine Zeit. Der Abwasch muß erst in die Küche. Geht es um etwas Besonderes?«

»Nei-ein – nur, daß ich mit jemandem sprechen möchte.«

»Wir haben doch einen Fürsorger, falls Sie Probleme haben.«

»Nicht gerade Probleme.«

»Vielleicht möchten Sie eine Therapiearbeit haben, Tante, damit die Zeit schneller vergeht? Dann kann ich später wiederkommen und mit Ihnen in den Therapiesaal gehen.«

»Ich möchte mich nur unterhalten«, sagte Signe.

Das Mädchen verschwand mit dem Tablett.

Therapie war ein neues Wort für Signe. Das klang nach Krankheit. Die Zeit vergehen lassen?! Sollte man jetzt nicht sparsam umgehen mit der Zeit – so wie früher. Sie gut gebrauchen und sie noch besser nutzen, jetzt, wo sie so kostbar war. Die wenige Zeit, die noch verblieb.

Sie machte ihr Bett selbst. Sie legte die Decke zusammen und strich das Laken glatt, sie wendete das Kissen und schüttelte es auf und legte schließlich die Tagesdecke darüber. Das Paradekissen an der Wand war ihr eigenes. Sie hatte sich das Muster kommen lassen und Kreuzstiche auf Stramin gestickt. Das war schon lange her, doch eine Therapie war das damals wohl nicht, dachte sie. Es war eine angenehme Arbeit für die Zeit, wenn die Kartoffeln kochten, oder für den Abend, wenn sie sich ausruhte.

Der Staubsauger brummte im Korridor, er verstummte jedesmal, wenn er in einem Zimmer verschwand. Bald war sie an der Reihe. Sie setzte sich in den Schaukelstuhl und wartete.

Neue Mädchen in weißen Kitteln.

»Hier ist schon das Bett gemacht, und alles ist fertig. Wir brauchen nur noch ein wenig zu saugen und die Toilette zu machen.« Sie sprachen laut, um das Surren zu übertönen.

Mit denen wollte sie sich nicht unterhalten.

Die hielten sich ran und staubten in Eile die Möbel ab, reinigten das Klosettbecken und schütteten etwas Blaues hinein, das stark roch. Sobald die fort sind, würde sie gleich das Zeug wegspülen. Es roch noch eine ganze Zeit lang nach Krankenhaus.

Signe ging an den Wandkalender und riß ein Blatt ab. ›8. Juli, Freitag‹, stand da. Sie hatte jeden Tag auf Per-Erik gewartet.

»Daß er nicht kommt«, sagte sie zu sich selbst und schaute zum Fenster hinaus.

Der Garten von Solgården badete im Sonnenschein. Ein Mann fuhr mit dem Rasenmäher draußen herum. Sie mochte dieses Geräusch nicht. Das störte sie. Sie hatte eigentlich hinausgehen und sich auf eine schattige Bank an den kiesbestreuten Wegen setzen wollen. Das eilte aber nicht, sie konnte warten. Sie betrachtete die Blumen auf der Rabatte. Alles war so gut gepflegt, saubergehalten und gegossen. Sie fragte sich, wie es wohl bei ihr zu Hause im Garten aussah, denn sie konnte noch immer nicht begreifen, daß ein anderer jetzt das besaß, was ihr einst gehört hatte. Per-Erik hatte nach Johns Tod alles mit dem Verkauf des Hauses und mit allen Papieren geregelt. Sie hatte einen tüchtigen Sohn. Wie sollte sie ohne seine Hilfe zurechtkommen?

»Mutti, du mußt verstehen, daß du nicht allein wohnen bleiben kannst«, hatte er gesagt. »Denke doch nur an den Winter mit dem Schneeschippen, an die Holzheizung und das Wasserschleppen, wie beschwerlich das alles für dich ist.«

Sie konnte nicht an den Winter denken – gerade damals – im April, so kurz nach Johns Tod.

Daß John vor ihr sterben sollte, davon kam sie einfach nicht los. Das kam ihr fast wie Verrat vor. Und so schnell. Sie konnten ja nicht einmal mehr Abschied voneinander nehmen. Was sie ihm alles sagen wollte. Jetzt war es zu spät. Sie hätte so gern seine Hand halten wollen, ihn dabei vielleicht trösten. Warum hatten sie nie zusammen über den Tod gesprochen? Sie hatten immer nur das von sich weggeschoben, womit alle einmal konfrontiert werden. Doch John war nun einmal so. Er wollte nicht darüber sprechen. Sie hatte es mehrmals versucht, doch er hatte sogleich von etwas anderem gesprochen.

Sie erinnerte sich noch gut an den letzten Morgen.

Wie John mit der Axt über der Schulter weggegangen war. Er wollte den Graben in Ordnung bringen, Gesträuch und Weidenruten abhacken. Der Hund war um ihn herumgesprungen, mal lief er vor, mal hinter ihm. Sie hatte auf der Eingangstreppe gestanden und ihnen nachgeschaut. Er hatte sich umgedreht und gewinkt, ehe sie beide hinter dem Feldrain verschwanden. Sie wollte nur erst noch abwaschen und dann hinausgehen und die abgetauten Stellen auf dem Hof abharken. Der Frühling lag in der Luft, und es roch gut. Sie hatte sich auf einer Bank an der Sonnenseite des Hauses ausgeruht. Sie freute sich sehr auf den Sommer. Der Winter war so lang und so beschwerlich gewesen. Es gab so viel Schnee im Walde, daß John zu Hause geblieben war, statt dort zu arbeiten. Das brauchte er auch nicht mehr. Sie kamen mit der Rente gut zurecht, denn sie hatten keine großen Wünsche. Es war sein erster Winter als Rentner. Er war froh, daß die Schufterei ein Ende hatte. Nun würde es ihnen beiden gut gehen, hatte er gesagt. Er hatte Pläne für den Sommer gemacht. Sie wollten unten am See Fische fangen und den Picknickkorb mitnehmen, und sie wollten zu Per-Erik nach Stockholm fahren. Daraus war bisher nie etwas geworden, da sie durch ihre Arbeit immer so an Haus und Hof gebunden waren. Sie wollten die Kuh verkaufen, doch sich vom Pferd zu trennen, das war schon schwerer. Wir werden schon sehen, hatte er gesagt. Er wollte mit dem Nachbar sprechen und ihn bitten, das Pferd und den Hund zu versorgen und die Hühner zu betreuen, wenn sie bei Per-Erik waren. Mehr als eine Woche würden sie kaum von zu Hause weg sein. Das würde sich schon machen lassen. Er könnte wohl ab und zu ein wenig im Tageslohn arbeiten gehen, hatte er gedacht, aber nie mehr würde er jeden Abend völlig erschöpft nach Hause kommen. Sie hatte ihm beigestimmt und sich gefreut.

Sie saß da, innerlich von Freude erfüllt, als der Hund auf sie zugelaufen kam. Sie streichelte ihn, nahm die Harke und machte weiter. Was war bloß mit dem Hund los? Es klang wie das Vorstehgebell bei der Elchjagd.

»Still«, rief sie, »leg dich!«

Sie schaute in Richtung auf den Weg und dachte: ›Kommen sie schon wieder?‹ Doch sie sah John nicht. Vielleicht war er zurückgeblieben? Sonst benahm sich der Hund nicht so. Er stellte sich vor sie hin und heulte. Vielleicht war das ein Zeichen dafür, daß John etwas zugestoßen war? Sie ließ die Harke fallen und ging den Pfad entlang über das Feld. Der Hund lief voran und zeigte den Weg. Vielleicht hatte John sich beim Hacken verletzt und konnte nicht nach Hause gehen? Aber er war doch so vertraut im Umgang mit Axt und Säge. Sie rief seinen Namen, bekam aber keine Antwort. Da bekam sie es mit der Angst zu tun und beschleunigte ihre Schritte. Ein Stück weiter blieb der Hund stehen. Signe ging dorthin und fand John am Grabenrand liegen. Sie beugte sich herab, um mit ihm zu sprechen. Sie bekam keine Antwort. Nur ein schwaches Röcheln.

»John, ich bin es – es ist Signe – hörst du mich?«

Sie legte ihm die Hand auf die Stirn und tätschelte ihm die Wangen. Er rührte sich nicht. – Aber er lebt ja – er ist doch warm. Sie mußte sofort Hilfe holen, vermochte aber kaum zu laufen. Die Beine zitterten ihr. Es war fast ein Kilometer bis zum Nachbarn, und der Weg erschien ihr so unendlich weit. Sie versuchte zu laufen, sank aber vor Erschöpfung zusammen, erhob sich wieder und tat einige Schritte. Sie mußte. Mußte.

Sie traf den Nachbarn am Eingang zur Küche, als er gerade weggehen wollte.

»Hilfe, er stirbt! John liegt im Graben neben dem Weg zum Wald«, mehr bekam sie nicht heraus. Die Stimme versagte ihr, und alles um sie herum versank in einem dunklen Nebel.

Sie erinnerte sich nicht, wie sie John geholt und zum Arzt gebracht hatten. Wohl aber, daß sie sie gebeten hatte, Per-Erik anzurufen. Sie erinnerte sich nicht mehr, daß sie allein nach Hause gegangen war. Doch sie war am Abend lange aufgeblieben und hatte auf ihren Sohn gewartet. Sie war von einem Fenster zum anderen gegangen, bis er endlich kam. Als er da war, konnte sie nicht weinen und nicht sprechen. Schließlich war sie in seinen Armen eingeschlafen, wo sie wieder ein wenig Geborgenheit gefunden hatte.

»Sie weinen ja?« Es war Eva, die gekommen war, um sie in den Therapiesaal zu bringen.

Signe schneuzte sich und bemerkte erst jetzt, daß das Taschentuch naß war.

»Geht es Ihnen nicht gut?«

»Doch – aber man kann nicht dafür, daß …«

»Es wird bestimmt besser, wenn Sie etwas bekommen, womit Sie sich beschäftigen können.«

»Besser?«

»Ja, dort haben sie so viele hübsche Handarbeiten.«

»Ist auch heute kein Brief gekommen?« fragte Signe.

»Nein. Vielleicht gibt es etwas, was Sie für Ihren Sohn nähen können«, sagte Eva und versuchte, die Alte aufzumuntern.

»Er hat alles, was er braucht«, sagte Signe.

»Wie wäre es mit einer Kleinigkeit als Andenken?«

»Die Erinnerung an mich wird bleiben. Gegenstände gehen doch nur verloren. Sieh doch selbst, was mir nach einem langen Leben geblieben ist. Der Schaukelstuhl und einige Kleinigkeiten.«

»Wir gehen doch wohl und sehen uns das jedenfalls mal an.« Eva hakte sie unter.

»Warte mal, ich muß das Portemonnaie mitnehmen. Denn es gibt doch wohl nichts umsonst?«

»Nicht umsonst, aber viel billiger als draußen in den Geschäften«, bekam sie zur Antwort.

Sie gingen zusammen den Korridor entlang.

»Müssen die Fußböden denn so blank sein?« fragte Signe. »Man wagt ja kaum, ohne Stütze zu gehen.«

»Die lassen sich so leicht sauberhalten«, sagte Eva.

»Das ist also wichtiger, lieber kann man ausrutschen und sich die Beine brechen.« Signes Stimme klang resolut.

»Sagen Sie das der Heimleiterin, vielleicht kann die etwas daran ändern.«

»Nein, dann würde sie denken, daß ich mich beklage.

Aber man darf doch wohl noch eine Meinung haben, auch wenn man alt ist.«

»Selbstverständlich soll man eine eigene Meinung haben«, sagte Eva.

Der Therapiesaal lag im Kellergeschoß. Er war hell und anheimelnd, mit Fenstern hoch oben in den Wänden und mit Neonröhren an der Decke. Dort gab es drei Webstühle. An einem saß eine alte Frau und webte einen Tischläufer.

»Die Webkante wird nicht so gut«, sagte sie zu Signe, die daneben stand und zuschaute. »Es ist Leinenkette mit Baumwolle als Schuß.«

»Ja, das sehe ich. Ich habe früher viel gewebt.« Signe ging herum und guckte. So viele Garnsorten! Mehrere Regale voll in verschiedenen Farben. Und verschiedene Handarbeiten: Tücher, Kissen, Wandbehänge, Holzkugeln für Vorhänge und Gardinen. Vor einem Fenster hing schon eine Kugelgardine, denn man sollte sehen, wie sie sich ausnahm.

»Ja, da kann ich nur sagen, heutzutage kann man sich sonstwas vor die Fenster hängen«, brummte Signe.

Es gab da Mörser und Leuchter aus Holz. Die mußten nur noch mit Sandpapier abgerieben und poliert werden. Kleine Kachelstückchen und Mosaikscheibchen, die in Rahmen gelegt werden sollten.

Die Arbeitstherapeutin kam zu Hilfe. Sie zeigte und erklärte.

»Nur etwas Einfaches«, bat Signe.

»Ein Kreuzstichkissen vielleicht?«

»Nein, da habe ich schon eins.«

»Eine Plastmatte wäre nicht schlecht und würde gut ins Bad passen oder sich als Fußmatte eignen. Da braucht man nur von innen her zu häkeln.«

»Vielleicht so etwas.«

Signe wählte die Farben selbst an Hand der Rollen mit dem Plastmaterial im Regal aus, und man half ihr beim Anfang. Es sah nicht schwer aus. Sie bezahlte und bekam alles in einem blauen Plastebeutel überreicht.

Sie hatte eingekauft und selbst entschieden. Das gab ihr ein Gefühl der Sicherheit. Niemand brauchte sie zu holen, sie konnte allein zurückgehen. Sie beschleunigte die Schritte zum Fahrstuhl, stand dann dort und wartete, daß noch jemand käme. Sie wagte nicht, allein zu fahren, obwohl sie sich gerade erst so mutig gefühlt hatte. Noch viele Ängste beherrschten ihr Inneres. Sie versuchte, sich selbst zu überreden, daß man ja nur hineinzugehen und auf den Knopf zu drücken brauchte. Aber nein.

Sie ging lieber die Treppe hinauf und ruhte zwischendurch aus.

›Wie, wenn nun Per-Erik gekommen ist, und sie wäre nicht in ihrem Zimmer? Wie, wenn er nun dort saß und wartete?‹

Die Gedanken an den Sohn gaben ihr neue Kräfte, und sie beschleunigte ihre Schritte.

Er war nicht gekommen. Das Zimmer war genauso leer wie sonst, und jetzt drückte die Müdigkeit wie eine Last auf der Brust.

Sie setzte sich mit dem blauen Beutel auf dem Schoß in den Schaukelstuhl. Sie wiegte sich in einen leichten Schlaf und erwachte mit einem Ruck durch das wohlbekannte Geklapper des Essenwagens mit Tellern und Bestecken. Bauernfrühstück mit roten Beten und Kaltschale. Leicht zu kauen. Nur eine Schnitte. Eine hatte sie schon versteckt, und die würde sich wohl halten. Es war nicht Eva, die da mit dem Essen kam. Sie fragte nach ihr und erfuhr, daß sie einen freien Nachmittag hatte.

»Kann ich etwas für Sie tun?« fragte das Mädchen.

»Ich möchte nur zeigen, was ich gekauft habe«, sagte Signe und holte die Rollen mit dem Plastmaterial und den Häkelhaken. »Das soll eine Matte werden«, erklärte sie.

»Ja! Die wird sicher schön«, damit verschwand das Mädchen durch die Tür.

›Gut und schön – alles soll gut und schön werden – doch sie sehen ja kaum hin. Wie können die nur so überzeugt davon sein, daß alles gut wird? Gut und schön – wie ein Echo hallt es durch alle Zimmer.‹

Sie aß nur ein wenig von dem Bauernfrühstück und

ließ das andere auf dem Teller, wie ein Kind, das bockt. Die Suppe aß sie auf. Die Schnitte versteckte sie im Schrank.

Sie schlug die Tagesdecke zurück und legte sich auf das Bett, um sich auszuruhen.

John war tot, als sie mit ihm ins Krankenhaus gekommen waren. Es war das Herz, hatte der Doktor gesagt. Sie wollte Per-Erik fragen, ob der Arzt sonst noch etwas gesagt hatte. Gerade als das passiert war, hatte sie so viel zu tun, daß sie die Trauer von sich wegschob. Damals hatte sie keine Zeit, so zu denken wie jetzt.

Das Pferd und die Kuh übernahm der Nachbar. Die Hühner und den Hund wollte sie behalten. Sie dachte nicht im geringsten daran, von zu Hause wegzuziehen, bis zu dem Abend, als Per-Erik sagte, daß er es nicht verantworten könnte, sie allein in dem Häuschen zu lassen. Er hatte sich schon erkundigt, ob sie nach Solgården kommen könnte.

›Sie müsse doch verstehen‹, bat er.

›Verstehen?‹

Sie saß wie gelähmt am Küchentisch und bat, wenigstens den Sommer über zu Hause bleiben zu dürfen.

Er hatte erklärt, daß das Haus vor Johanni verkauft werden müsse, wenn alles am schönsten sei. Im Herbst, wenn alles trübe und vom Regen aufgeweicht sei, wolle niemand ein Häuschen im tiefen Walde kaufen. Er würde alles regeln. Sie würde keinerlei Schwierigkeiten haben. Armer Per-Erik, auch er war traurig und verzweifelt gewesen. Er sah keinen anderen Ausweg.

›Sie wollten die Sache überschlafen‹, hatte er gesagt.

Sie konnte nicht schlafen, sondern sie wälzte sich im Bett herum. Schließlich war sie aufgestanden und hatte mitten in der Nacht Kaffee gekocht. Sie konnte nicht weinen, sie verspürte nur eine große Leere. Von der Freude und der Hoffnung auf den Sommer war nichts übriggeblieben. Am Morgen stand die Kaffeetasse noch auf dem Tisch; sie hatte sie noch nicht einmal in die Spüle gestellt, wie sie das sonst immer tat.

31

Per-Erik hatte schweigsam dagesessen, als sie am Morgen ihren Haferbrei aßen. Beide warteten darauf, daß der andere zuerst etwas sagte. Er hatte die ganze Zeit über auf den Teller geschaut.

»Es ist alles so leer, seit Vati tot ist«, sagte Signe schließlich.

Da hatte er angefangen zu weinen. Der große Kerl. So hatte sie ihn nicht gesehen, seit er ein Kind war. Sie war zu ihm gegangen und hatte ihm den Arm um die Schulter gelegt und versucht, ihn zu trösten.

»Per-Erik, ich gehe nach Solgården«, hatte sie gesagt.

»Es ist nicht nur das«, hatte er geantwortet, »alles scheint so verkehrt zu gehen. Ich kann nicht bei dir bleiben, ich muß doch an meine Arbeit denken. Hier gibt es keine Verdienstmöglichkeiten, nichts, wovon junge Leute leben können. Du kannst auch nicht bei Monika und mir in Stockholm wohnen. Wir wohnen zu beengt, und wir arbeiten beide. Du wärst dort genauso einsam. Vielleicht kannst du später, wenn ich es besser einrichten kann, zu mir kommen. Kannst du dir nicht denken, daß ich mir das alles überlegt habe? Hat Vati nie etwas gesagt, was ihr tun würdet, falls etwas passiert?« fragte er.

»Nein, Vati wollte nie über den Tod sprechen. Er war ja immer so gesund, und so etwas schien in weiter Ferne zu liegen.«

Die Heimleiterin machte ihre Runde durch die Zimmer und schaute nach den Alten.

»Geht es Ihnen nicht gut, Frau Larsson? An so einem schönen Tag haben Sie sich hingelegt und gehen nicht nach draußen?« fragte sie.

»Aber nein. Es geht mir gut.«

»Wenn wir irgendwelche Wehwehchen haben, kann uns der Doktor helfen.«

»Mir tut nichts weh.«

»Vielleicht sind Sie nur etwas müde?«

»Ja, ein wenig müde.«

»Wir bräuchten vielleicht ein Kräftigungsmittel?«

»Vielleicht.«

Die Heimleiterin ging weg.

Signe wollte nicht nach draußen gehen. Sie wollte allein sein. Wenn sie sich da draußen auf eine Bank setzte, würde bald jemand daneben sitzen und von seinem Elend erzählen. Sie hatte mit ihrem genug. Sie versuchte, einen Ausweg aus dem Kummer zu finden. Wenn nur erst Per-Erik käme, dann würde alles besser werden. Mit ihm könnte sie reden, und er würde zuhören. Er hatte versprochen, sie so bald wie möglich hier herauszuholen, und sie könnte bei ihm den Sommer verbringen. Vielleicht konnten sie für einen Tag nach ihrem einstigen Zuhause fahren und sehen, ob alles noch so wie früher war. Sie sehnte sich dort hin, obwohl sie wußte, daß da jetzt fremde Leute wohnten. Der Sohn hatte erzählt, daß eine Familie aus der Stadt das Gehöft als Sommerhaus gekauft hatte. Er hatte alles mit verkauft.

»Auch die Möbel?« hatte Signe gefragt.

»Das war ja meist nur altes Zeug«, hatte er gesagt.

›Altes Zeug‹, wie sie das schmerzte.

»Aber etwas hast du doch wohl behalten?«

»Ja, aber man kann schließlich nicht alles aufheben.«

»Und Vatis Sachen? Etwas war doch wohl noch zu gebrauchen?«

»Ich habe alles in die Kleidersammlung gegeben«, hatte er gesagt.

»Den neuen Mantel auch?«

»Ja, alles.«

»Aber der war doch kaum getragen.«

»Mutti, ich bringe es nicht fertig, in Vatis Sachen herumzulaufen, und außerdem waren die so unmodern.«

»Die Hauptsache ist doch wohl, daß man nicht friert.«

»Ja, so ist das früher gewesen.«

»Ja, ja.« Sie mußte verstehen.

Sie erhob sich langsam vom Bett, um nicht schwindlig zu werden. Sie strich die Tagesdecke glatt und ging zum Fenster. Das war ihr Auge auf die Welt. Die Schatten waren länger geworden. Einige der Alten saßen noch auf

Bänken und Gartenmöbeln draußen im Park. Bald gab es wieder Essen. Sie hantierte mit den Plastrollen auf dem Tisch, legte verschiedene Farben nebeneinander. Die Matte war in Gelb angefangen worden. Sie nahm den Häkelhaken und versuchte weiterzumachen. Die Finger waren so steif, und mit Plastematerial häkeln, ging nur langsam.

»Das wird aber dauern«, sagte sie zu sich und bereute fast den Kauf. Aber vielleicht wollte Per-Erik die Matte für sein Bad haben? Monika hatte sie noch nie getroffen, deshalb kam es ihr nicht in den Sinn, daß es ja zwei waren, die etwas zu sagen hatten. Warum sprach er eigentlich so selten von ihr?

»Sie ist gut«, hatte er gesagt und ihr dabei ein Amateurfoto von dem Mädchen gezeigt. Sie arbeiteten in der gleichen Firma, hatte er erzählt. Sie war im Büro. Per-Erik war immer allein zu den Eltern nach Hause gekommen. Monika war im Urlaub woandershin gefahren, oder sie hatten auch nicht zur gleichen Zeit frei.

»Jeder von uns behält seine Freiheit, wenn wir auch zusammen leben«, hatte er gesagt.

Das klang so sonderbar, fand Signe. Selbst hatte sie nie über irgendwelche Freiheit nachgedacht. Freiheit wovon? Wenn man sich gern hat, dann gibt es keinen Zwang. Hatten nicht John und sie zusammen gelebt und sich in allem gegenseitig geholfen, war das keine Freiheit?

»Monika möchte sich selbst verwirklichen«, hatte er weiter gesagt.

Das klang recht verworren, fand Signe.

»Man muß etwas aus seinem Leben machen«, hatte er ein andermal gesagt.

Sie fühlte sich so ausgeschlossen, wenn der Sohn so sprach. Er hatte sich verändert, seit er von zu Hause weggegangen war. Nicht einmal den Dialekt hatte er beibehalten.

Was hatte sie aus ihrem Leben gemacht? Sie überlegte. Sie hatte schon früh angefangen zu arbeiten und zu Hause auf dem Hof geholfen. Dann hatte sie John kennengelernt und nie an Schule und Ausbildung gedacht. Das war zu jener Zeit nicht üblich. Sie würde ja doch heiraten, meinten die Eltern. So war es auch gekommen. Sie hatten lange auf Per-Erik warten müssen. Sie rechnete an den Fingern. Sie war gerade zwanzig geworden, als sie geheiratet hatten, und der Sohn war jetzt achtunddreißig. Acht Jahre lang hatten sie auf Kinder gewartet. Er war schon etwas verwöhnt worden, das mußte sie zugeben. Wenn er nur den Mund auftat und schrie, war John zur Stelle und nahm den Kleinen auf den Arm.

»Der Junge muß etwas zu essen bekommen, er ist hungrig«, hatte John dann gesagt. Und der Junge aß viel zuviel. Er wurde dick. Er wurde von den anderen Kindern in der Schule gehänselt. Sie erinnerte sich, wie er einmal nach Hause kam und weinte, weil sie ihn ›Dickwanst‹ genannt hatten. Ja, du lieber Gott, wie lange ist das schon her! Aber tüchtig war er. Der Beste in der Klasse. Und wie er las. Alles, was er kriegen konnte.

»Ich denke, der Junge wird Pfarrer«, hatte John einmal gesagt und gelacht. »So wie der lernt!«

Pfarrer wurde er nicht. Er war auch tüchtig im Rechnen. Zur Landwirtschaft hatte er keine Lust. Weil er Linkshänder war, tat er alles so ungeschickt. Er schrieb rechts, doch alles andere machte er mit der linken Hand. Ihr wurde richtig angst, wenn der Junge Holz hackte; wie er da das Beil hielt. So war es auch mit allen anderen Werkzeugen. Für die Landwirtschaft war er nicht bestimmt.

»Daß er nicht schreibt«, sagte Signe.

Sie legte die Handarbeit weg. Die Finger taten ihr weh. Sie sah ihre Hände an. Wie weiß und weich die geworden waren! Wie die einer vornehmen Frau. Jedenfalls ging es ihr gut. Sie dürfte eigentlich nicht klagen. Bald würde sie wieder etwas zu essen bekommen. Wenn sie sich nur nicht so einsam fühlte! Sie ging im Zimmer umher, damit die Beine nicht steif wurden. Es war bald Abend, doch in den Fernsehraum gedachte sie nicht zu gehen. Sie hatte ihnen ja den Willen getan, als sie ihr so zugesetzt hatten, daß sie andere treffen müßte und teilhaben sollte an einer neuen Gemeinschaft. Als ob Gemeinschaft etwas wäre, wovon man sich nur zu bedienen brauchte. Sie schüttelte den Kopf. Die hatten gut reden, aber wie war es in Wirklichkeit? Die Alten hier hatten meist nur ihr Alter und ihre Wehwehchen miteinander gemein.

Es würde schön sein, mit Per-Erik von hier weggehen zu können. Denn er konnte doch wohl nicht der Meinung sein, daß sie hier für immer bleibt. Er hatte ja gesagt, daß er ein Reihenhaus kaufen wollte, so daß sie mehr Platz hätten. Sie brauchte kein großes Zimmer. Nur eins wie dieses.

Sie hatte ihm das Geld aus dem Verkauf des Gehöfts gelassen. Eines Tages würde er ja doch alles bekommen.

»Und wenn du etwas brauchst, dann sage es nur«, hatte er gemeint.

Er hatte ihr einen schönen Morgenrock gekauft. Der stand auf der Liste der Kleider, die sie in Solgården brauchte. Sie öffnete die Tür des Kleiderschranks und sah ihn sich an. Roter Samt – wo er doch wußte, daß sie Trauer hatte.

»Du kannst doch nicht für den Rest deines Lebens schwarze Kleider tragen«, hatte er gesagt, »wenn das auch Witwen in einigen Ländern tun.«

Das hatte sie getroffen. Doch jeden Morgen überlegte sie wieder, ob sie das schwarze Kleid anziehen sollte, bis sie sich Per-Eriks Worte entsann: ›Man trauert nicht mit den Kleidern.‹

Ob sie vielleicht das geblümte Sommerkleid anziehen sollte? Doch konnte sie das? In ihrer Jugend ›brach‹ man die Trauer mit Grau, ehe man sich in eine frohere Farbe kleidete. Die Farbe der Kleider sollte die Gemütsstimmung anzeigen.

John hatte Braun und Grün geliebt, wie die Erde und den Wald. Er hatte einen alten, grünen Hut gehabt, den sie nicht wegwerfen durfte, obwohl er gar zu gräßlich aussah.

›Glückshut‹ hatte er ihn genannt, und sie wußte nicht

warum. Wenn John noch lebte, hätte sie ihn gefragt. Es war soviel, was sie hatte fragen wollen, doch dazu war es nun zu spät.

Es gab gekochten Fisch zu Mittag. Freitag war Fischtag. Allmählich erfaßte sie das Einerlei, was sich dahinter verbarg. Anfangs war sie immer gespannt, was sie zu Mittag bekommen würden. Das Essen war eine Art Zerstreuung für sie geworden, obwohl sie ein schlechter Esser war. Jetzt hatte sie noch extra ein kleines Glas mit etwas Braunem bekommen. Das war zur Stärkung und für den Appetit. Sie schluckte es hinunter und verzog dabei das Gesicht. Das Essen war gut.

Sie stand vor ihrer Brauttruhe und betrachtete sie. Sie war blau mit roten Herzen und grünen Girlanden. Sie hatte schwarze Eisenbeschläge und einen großen handgeschmiedeten Schlüssel. Ihr Vater hatte sie für sie gemacht und sie ihr geschenkt, als sie konfirmiert wurde. Sie drehte den Schlüssel um und öffnete den Deckel. Dort verwahrte sie einige Sachen. Einige handgewebte Tücher, gehäkelte Spitzensterne und eine Tagesdecke, Spitzen für Bettlaken und ein altes Fotoalbum. Links in der Brauttruhe befand sich ein gesondertes Fach mit einem Deckel. Das nannte man ›Beilade‹, hatte ihr Vater erzählt. Dort sollte man Sachen, die einem am Herzen lagen, aufbewahren, liebgewordene Andenken. Sie öffnete den kleinen Deckel, holte das Gesangbuch heraus. Das war nur selten benutzt worden, es war ja auch so weit zur Kirche. Sie hoffte, daß Gott ihr das Versäumnis aus diesem Grunde vergeben würde. Sie hatte immerhin versucht, das zu tun, was als recht im Leben angesehen wurde. Das zählte wohl auch. Aufs Geratewohl schlug sie eine Seite im Psalmbuch auf und las einige Zeilen: ›Ich sehe seine Spur, wo immer eine Kraft sich zeigt, eine Blume duftet und eine Ähre sich neigt …‹

So erlebte sie Gott. Draußen in der Natur. Nicht als menschliches Wesen oben zwischen den Wolken. Trotzdem fühlte sie sich so verwirrt und unsicher. Ob sie wohl John einmal in einer anderen Welt treffen würde? Wenn sie das nur glauben könnte! Den Zweifel los sein. Wie leicht könnte sie dann die Trauer um ihn ertragen. Sie faltete die Hände um das Psalmbuch und betete: »Hilf mir glauben!«

Ja, ja. In einer kleinen Schachtel in der Beilade fand sie Johns Trauring und eine getrocknete Margerite; und eine Rosenknospe aus dem Brautstrauß lag in rosa Seidenpapier eingewickelt daneben. Es war nicht mehr viel davon übrig. Krümel eines Glücks. Eine kleine Schachtel aus Birkenrinde. Dort lag ein helles Haarbüschel von Per-Erik. Die ersten Haare des Jungen! Das würde sie ihm zeigen, wenn er kam. Er hatte so gar keine Haare, als er geboren wurde. Nur einige zarte Flaumhärchen, wie auf einem Weidenkätzchen. Es hatte lange gedauert, bis das Haar herausgewachsen war. John hatte dem Jungen das Haar geschnitten, und sie hatte eine Strähne davon genommen und sie in dieser Schachtel verwahrt. Und da die Goldbrosche, die sie von John bekommen hatte, als sie fünfzig wurde. Kaum zu glauben, daß er in die Stadt gefahren war, um ein Geschenk für sie zu kaufen! Sie steckte sie an. Es war eigentlich töricht, daß sie sie so versteckt hatte, aber sie hütete sie ja so. Wenn sie die nun verlieren würde! Sie fühlte noch einmal hin, ob die Sicherung auch eingerastet war. Anderen Schmuck hatte sie nicht. Jetzt würde sie den jeden Tag tragen, beschloß sie.

Ein vergilbter Zettel. Sie entfaltete ihn und las. Es war ein Pfefferkuchenrezept, das sie von Mutter bekommen hatte. Sie kannte es schon auswendig. Sie hatte jahrelang danach gebacken, hatte sich so daran gewöhnt, daß sie schließlich gar nicht mehr die Waage zu holen brauchte, sondern alles nach Gefühl tat. Bei dem Gedanken daran verspürte sie den Pfefferkuchenduft, sie tat einen tiefen Atemzug und schloß die Augen. Per-Erik hatte ein Klümpchen Teig bekommen, womit er kneten konnte. Er hatte es mit Mehl bestreut und gerollt und dafür seine eigene Ecke auf dem Backblech gekriegt. Ob er sich wohl daran erinnert?

Ein Mädchen kam mit einer Tasse Kaffee und einigen Zwiebäcken auf einer Untertasse herein. Der Kaffeewagen rollte weiter durch den Korridor. Signe legte ein Stück Plaste unter die Tasse, um nichts zu beschmutzen. Sie hatte festgestellt, daß sie heute eine frische Tischdecke bekommen hatte. Aus alter Gewohnheit ging sie mit frischgewaschenen Sachen besonders sorgfältig um.

›Er ist auch heute nicht gekommen‹, dachte sie und schaute auf Per-Eriks Fotografie auf der Kommode. Ein ernster Mann, der in die mittleren Jahre kam. Etwas rundlich, mit dünnem, hellem Haar. Er war unverändert. Diesen resoluten Zug um den Mund hatte er schon immer gehabt.

Signe fühlte sich schwindlig. Sie hatte den Kopf so lange über die Brauttruhe gebeugt und darin gewühlt. Es reichte für heute. Sie legte die Sachen wieder zurück und wollte gerade den Deckel schließen, als ihr Blick auf das Fotoalbum fiel. Das konnte sie sich ansehen, ehe sie zu Bett ging, dachte sie. Einige lose Amateurfotos fielen heraus. Sie bückte sich danach und legte alles auf den Tisch. Sie holte die Brille und setzte sich.

Der Hund! Das war doch Tej! Ein verwackeltes Bild, das John mit der Box gemacht hatte. Mein Gott, was war aus dem Hund geworden? Hatte sie es vergessen, oder konnte sie sich nur nicht mehr erinnern? Hatte Per-Erik Tej mitgenommen, oder war er beim Nachbarn? Sie wußte es nicht, aber sie mußte Gewißheit haben. Man konnte einen Freund doch nicht so einfach im Stich lassen. Denn er war ein treuer Freund bis in den Tod gewesen. Wie ein Schatten war er John bis zuletzt gefolgt. Daß doch alles so weh tun konnte! Es wäre schön, wenn der Hund bei ihr sein könnte. Sie würde ihr Essen mit ihm teilen, und bezahlen konnte sie auch etwas, wenn es nötig wäre.

Sie mußte gleich mit der Heimleiterin sprechen. Zum ersten Male drückte sie auf die Klingel am Kopfende, denn jetzt hatte sie das Gefühl, in großer Not zu sein.

Ein Mädchen kam gelaufen.

»Geht es Ihnen nicht gut?«

»Ich möchte mit der Heimleiterin sprechen«, bat Signe.

»Kann ich ihr etwas ausrichten?«

»Nein, ich muß mit ihr sprechen.«

»Sie ist gerade mit Büroarbeiten beschäftigt, aber ich werde sie bitten zu kommen.«

»So schnell wie möglich«, bat Signe.

»Brauchen Sie Medizin?«

»Nein, keine Medizin – das wäre zu einfach.«

Das Mädchen verschwand.

Signe suchte zwischen Per-Eriks Briefen in der Kommode. Seine Telefonnummer stand irgendwo auf einem Zettel, daran erinnerte sie sich. Falls sie anrufen wollte, hatte er gesagt. Sie hatte noch nie telefoniert. Das erschien ihr so schwierig mit der Vorwahlnummer und verschiedenen anderen Zahlen. Jetzt brauchte sie Hilfe. Das war so wichtig. Sie fand den Zettel nicht, sie hatte ihn verlegt.

›Wenn Sie Hilfe nötig haben, so brauchen Sie nur zu läuten‹, wurde ihr am ersten Tage, als sie nach Solgården kam, gesagt.

Jetzt hatte sie Hilfe nötig.

Sie setzte sich in den Schaukelstuhl und zählte langsam bis fünfzig. Vor und zurück. Eins und zwei. Vor und zurück. Drei und vier ... Das Bild hing schief über dem Bett. Sie würde es dann geradehängen. Es war stickig im Zimmer. Sie stand auf und öffnete das Fenster. Sie machte die Tür zum Korridor einen Spalt weit auf. Niemand war zu sehen. Alle Türen waren geschlossen.

›Wie ein Gefängnis‹, dachte sie, dem Weinen nahe.

Das Warten kam ihr lange vor.

Sie läutete noch einmal. Diesmal aber lange.

Die müßten es eigentlich verstehen. Sonst war es immer sie, die verstehen mußte.

Endlich kam die Heimleiterin und blieb an der Tür stehen.

»Ich war beschäftigt, Sie verstehen«, sagte sie.

»Ja, das ist nun einmal so.« Signe war ganz außer Atem, und es fiel ihr schwer, Worte zu finden.

»Wir hatten zu Hause auf dem Gehöft einen Hund, und nun möchte ich gern wissen, wer jetzt den Hund versorgt.«

»Ja, was sollen wir denn da tun?« Die Heimleiterin schien nicht sonderlich interessiert zu sein. Ihre Gedanken nahmen eine andere Richtung: Da war ein schwerkranker alter Mensch, der Hilfe brauchte, und nun diese Geschichte mit einem Hund. Sie konnte nicht überall sein. Ein Haufen Papiere wartete auf dem Schreibtisch, und die Uhr war gleich acht.

»Könnte ich den Hund zu mir nehmen? Ich kann ihn selbst versorgen, ihm Futter geben, ihn ausführen, und ich will auch gern etwas bezahlen, wenn ich nur den Hund bei mir haben darf.«

»Nach unseren Statuten können wir leider niemandem gestatten, einen Hund oder eine Katze zu halten.«

»Es ist aber ein lieber Hund.«

»Das bezweifle ich nicht.«

»Würden Sie so nett sein und meinen Sohn anrufen und fragen, wer den Hund jetzt hat?«

»Natürlich kann ich anrufen.«

»Aber die Telefonnummer kann ich unter den Papieren hier nicht finden.« Signe wirkte verzweifelt.

»Die Telefonnummer haben wir. Außer nach dem Hund soll ich wohl nichts fragen?«

»Nein, fragen Sie nur, wer den Hund hat, und sagen Sie, daß ich ihn haben möchte.«

»Aber hier können Sie ihn doch nicht haben. Sie müssen verstehen, daß, wenn alle ihre Haustiere hier haben würden, dann …«

»Verstehen, immer wieder verstehen – ich hätte dann wenigstens jemanden, mit dem ich von früher sprechen könnte – jemand, der mich brauchte.«

Sie weinte.

»Ich werde gleich anrufen. Nun, legen Sie sich jetzt aufs Bett und ruhen Sie sich aus, ich komme dann. Vielleicht ziehen Sie sich auch gleich für die Nacht aus.«

Sie half Signe aus dem Kleid.

»Ich komme schon allein zurecht«, sagte die Alte und

hängte das Kleid in den Schrank. »Bitte rufen Sie Per-Erik an, damit ich es erfahre.«

»Ja, ich werde gleich anrufen.«

Sie verschwand.

»Was da wieder einmal alles los ist!« sagte die Heimleiterin zur Pflegerin. »Würdest du dich um die Drei kümmern, während ich telefoniere?«

»Der Drei geht es schlecht«, sagte die Pflegerin. »Hast du ihre Angehörigen benachrichtigt?«

»Ich habe ihre Kinder am Vormittag angerufen. Die wissen schon Bescheid. Jetzt geht es um einen Hund.«

Sie machte einen gehetzten Eindruck und suchte die Telefonnummer des Sohnes.

Es war besetzt.

Nach einer Weile rief sie wieder an.

»Larnebro«, ertönte eine Stimme.

»Sind Sie der Sohn von Frau Signe Larsson?«

»Ja, das bin ich.«

»Hier ist Solgården ...«

»Ist Mutti etwas zugestoßen?« fragte er ängstlich.

»Nein, es ist nichts Ernstliches. Sie möchte nur wissen, wer den Hund hat.«

»Den Hund«, sagte er erleichtert.

»Ja, den Hund, den sie zu Hause hatte. Sie möchte ihn gern zu sich nehmen, doch das geht nicht. Wir können keine Tiere hier aufnehmen, wie Sie verstehen werden, Herr Larnebro.«

Ja, er verstand.

»Der Hund ist einstweilen beim Nachbarn. Geht es Mutti sonst gut?« fragte er.

»Es wäre gut, wenn Sie Ihre Mutter für einige Zeit herausholen könnten, so daß sie in eine andere Umgebung kommt. Mitunter ist sie ganz apathisch. Sie hat bisher noch nicht mit den anderen zusammen im Speisesaal gegessen. Sie verkriecht sich und sitzt gern allein. Wir haben nicht die Zeit, die wir für jeden einzelnen brauchten. Wenn Sie verstehen, wie ich das meine?«

»Aber ja. Ich werde kommen und sie besuchen.«

»Sie wartet jeden Tag darauf, daß Sie kommen.«

»Ja, ich verstehe. Ich habe nur noch keine Zeit gehabt, ich werde versuchen, so bald wie möglich zu kommen. Grüßen Sie sie vielmals!«

»Das werde ich tun. Vielen Dank!«

»Besten Dank und auf Wiederhören!«

Die Heimleiterin holte eine weiße Tablette aus dem Medizinschrank. Die nahm sie Signe mit.

»Nehmen Sie die mit etwas Wasser.« Sie reichte der Alten ein Glas.

»Was hat er gesagt?«

»Daß der Hund beim Nachbarn ist, Sie brauchen sich also keine Sorgen zu machen.«

»Hat er sonst noch etwas gesagt?«

»Er läßt vielmals grüßen.«

»Hat er nicht gesagt, wann er kommt?«

»Er wird kommen, sobald er kann.«

»Ja. Ich habe einen guten Sohn – und tüchtig ist er auch.«

»Nun werden Sie heute nacht gut schlafen und sich nicht mehr beunruhigen. Es wird schon alles in Ordnung gehen.«

»Wird es in Ordnung gehen«, sie richtete sich auf, »darf ich den Hund hernehmen?«

»Nein, ich meine, kommt Zeit, kommt Rat; sagt man nicht immer so? Daran wollen wir doch glauben.«

»Vielen Dank, daß Sie angerufen haben. Ich hatte mir Sorgen gemacht wegen des Hundes. Mein Gott, wie müde ich bin.«

Sie faltete die Hände auf der Bettdecke und versank in einen tiefen, traumlosen Schlaf.

3

Am Morgen danach schlief Signe ungewöhnlich lange. Sie fühlte sich müde und schläfrig, obwohl sie die ganze Nacht geschlafen hatte. Einen Augenblick lang wollte sie überhaupt nicht aufstehen. Sie könnte ja Kopfschmerzen vorschützen, denn es pochte tatsächlich in den Schläfen. Niemand konnte sie wohl zwingen aufzustehen, wenn sie nicht selbst wollte? Was sollte sie nach dem Aufstehen tun? Sich anziehen, essen, am Tisch sitzen und zum Fenster hinausschauen, wieder essen, ein Weilchen im Schaukelstuhl sitzen, essen und schlafen. Das war kein Leben. Nur ein Warten. Sie könnte genausogut im Bett liegenbleiben. Die Gedanken und den Tag verschlafen. Deshalb lag sie noch im Bett, als Eva mit dem Frühstückstablett kam.

»Was muß ich sehen, Sie haben sich verschlafen?«

»Ich will nicht aufstehen«, sagte Signe.

»Aber ich muß mir doch mal ansehen, was Sie gestern gekauft haben.«

»Das liegt in dem blauen Plastebeutel auf dem Tisch.«
Eva machte ihn auf.

»Aha, das soll eine Plastematte werden! Oh, die schönen Farben! Soll das für Ihren Sohn sein?« Sie versuchte, die Alte zu interessieren.

»Vielleicht, mal sehen, ob das je fertig wird.«

Eva setzte sich auf die Bettkante und legte die Hand auf Signes Stirn.

»Ich glaube nicht, daß Sie Fieber haben«, sagte sie, »aber wir können ja sicherheitshalber mal Temperatur messen.«

Sie hatte kein Fieber.

»Das ist gut, dann sind Sie ja gesund.«

»Ist man dann gesund?«

»Ja, dann ist man gesund. Ich kann Ihnen helfen, zur Toilette zu gehen, falls Sie es allein nicht schaffen.«

»Danke, ich komme schon selbst zurecht, doch vielen Dank für das freundliche Angebot.«

Sie blieb im Bett liegen und schaute an die Decke. Hatte keine Lust zum Essen. Fühlte sich satt ohne Essen. Es war nur so trocken im Mund.

Das Essen stand unberührt auf dem Tisch, als Eva wiederkam, um das schmutzige Geschirr zu holen.

»Ja, gibt es denn so etwas, was machen wir denn da?«

Das Mädchen versuchte zu scherzen: »Ein Löffel für Vati, ein Löffel für Mutti.«

»Als Kind ging man leer aus, wenn einem das Essen nicht schmeckte«, sagte Signe nachdenklich. »Da gab es niemanden, der Zeit hatte, einen zu überreden.«

»Wir haben auch keine Zeit, aber seien Sie so gut, und essen Sie ein paar Löffel Sauermilch, dann gehe ich und hole warmen Kaffee zu dem Brot.«

Eva war ein liebes Mädchen, freundlich und hilfsbereit. Signe hatte sie immer gern gehabt. Sie stand nun auf und holte die Handtasche, nahm das Portemonnaie heraus und zählte das Geld. Das reichte gut und gern, denn sie saß ja meist drinnen im Zimmer. Sie war noch nicht weiter draußen gewesen als bis auf der ersten Bank im Garten, obwohl sie, wenn sie es wollte, auch bis in die Geschäfte in der Hauptstraße der Ortschaft gehen durfte.

Sie nahm einen Fünfkronenschein und hielt den in der geschlossenen Hand, und als Eva mit der Kaffeekanne kam, steckte sie dem Mädchen das Geld in die Tasche ihres Kittels.

»Wir dürfen kein Geld annehmen«, sagte Eva und gab ihr den Schein zurück.

»Darf ich dir nicht etwas geben, weil du nett und mir behilflich bist?«

»Nein, das geht nicht.«

»Dann darf man wohl nicht nett sein, wenn man es will?«

»Selbstverständlich darf man nett sein, aber nicht so.«

»Aber wenn ich dich bitte, mir Süßigkeiten zu kaufen, darf ich dir dann etwas anbieten?«

»Natürlich werden einem mitunter Süßigkeiten angeboten, und die nimmt man dann auch an.«

Eva dachte an alte, zur Seite gelegte Pralinenschachteln, die hervorgeholt wurden, und die Alten boten davon an und erzählten, daß sie die von ihren Kindern bekommen hätten. Was die für liebe Kinder hatten! Selbst schienen sie es kaum übers Herz zu bringen, die Herrlichkeit zu kosten, sondern versteckten sie in Schubläden und Schränken.

»Kaufe etwas, und ich biete etwas an«, beharrte Signe

und steckte dem Mädchen den Fünfkronenschein wieder in die Tasche des Kittels.

Signe saß lustlos auf der Bettkante. Sie fand keine Freude an der Sonne und am Vogelgezwitscher draußen vor dem Fenster. Sie konnte sich nicht einmal dazu aufraffen, sich zu waschen und zu kämmen. Sie hatte ein Gefühl, als könne sie nicht mehr denken, und ihr Blick ruhte still auf einer Stelle im Nichts. Sie empfand Ruhe bei diesem Blick ins Leere. Sanft wiegte sie sich hin und her, als ob sie im Schaukelstuhl säße.

Die Tür ging auf, und die Heimleiterin kam und machte die Runde.

»Wie geht es Ihnen denn heute?« fragte sie.

»Gut«, antwortete die Alte gewohnheitsmäßig. Um sich nicht unbeliebt zu machen, mußte es ihr schließlich gut gehen.

Sie bekam eine kleine gelbe Pille und ein Glas Wasser, und sie schluckte sie gehorsam hinunter.

»Ich werde jemanden bitten, Ihnen beim Anziehen zu helfen. Die Heilsarmee kommt und singt und musiziert am Nachmittag draußen im Park. Vielleicht wollen Sie hinausgehen?«

»Ich werde wohl drinnen bleiben. Wenn ich das Fenster aufmache, kann ich dasitzen und zuhören.«

»Wir können's uns ja noch mal überlegen.«

»Ja, gut!«

Dann war sie wieder allein. Ihre Hände lagen bewegungslos im Schoß, und ihre Beine waren fast gefühllos. Jetzt gab es nichts mehr, was sie beunruhigte und ihre Gedanken störte. Ihr Inneres war ausgeglichen und von Ruhe erfüllt. Frieden war über sie gekommen, ohne daß sie wußte, wie das geschehen konnte.

Die Heilsarmee kam früher auch immer in Signes Heimatort und hielt dort Veranstaltungen im Freien ab. Da wurde gesungen und musiziert. Da wurde das Heil verkündet. – Die Heilsarmee – sie dachte den Gedanken nicht zu Ende. – Sich anziehen – ach ja.

Sie rutschte vom Bett herunter und ging zur Toilette. Wusch sich und putzte sich mechanisch die Zähne. Kämmte sich und sah ihr Bild im Spiegel. Eine bleiche und runzlige Alte – war sie das? Ja, ja.

Dann ging sie zum Kleiderschrank und blickte hinein. Sie wählte nicht lange, sondern nahm nur das schwarze Kleid heraus und legte es einstweilen über einen Stuhl. Die Füße waren ihr schwer. Sie setzte sich halbangezogen in den Schaukelstuhl. Die Augen schmerzten ihr vor Müdigkeit. Wie in einem Nebel sah sie, wie die Mädchen hereinkamen, ihr Bett machten und über den Fußboden wischten. Sie unterhielten sich und taten so, als ob sie gar nicht da wäre. Als sie schon gehen wollten, drehten sie sich noch einmal um, nahmen das Kleid und zogen es ihr über den Kopf.

»Nun, ist es gut so?«

»Ja.«

Der blaue Plastebeutel mit der Handarbeit lag noch immer auf dem Tisch. Sie griff nicht danach. Das Fotoalbum lag daneben.

Sie saß ganz in sich versunken da. So verging die Zeit.

Das Küchenpersonal servierte Kaffee draußen im Garten auf einem Klapptisch mit einer Papierdecke. Weil morgen Sonntag war, gab es zwei verschiedene Sorten Plätzchen, Kuchenbrötchen und Rührkuchen.

Die alten Leutchen begaben sich nach draußen und setzten sich auf Bänke und Gartenstühle. Auch die Rollstuhlfahrer zog es hinaus ins Grüne und in die Sonne.

Die Heilsarmee war gekommen. Zwei ältere Frauen in roten Blusen und mit Schutenhüten standen beieinander und stimmten ihre Gitarren. Ein Mann mit einer Ziehharmonika und ein Mädchen mit Tamburin waren schon fertig zum Einsatz. Hinten standen die Soldaten, der Chor. Der Mann gab ein Zeichen, und sie sangen: »Er wird das Perlentor öffnen, damit du eintreten kannst …«

Signe hatte das Fenster geöffnet, saß da und lauschte. – Das Perlentor. Sie konnte es nicht sehen, doch es hörte sich gut an.

Es wäre schon schön, durch das Perlentor zu etwas Besserem zu gelangen, wo es nicht Leid und Krankheit gab. Die hatten es gut, die das glauben konnten, dachte Signe. Ihre Gedanken beschäftigten sie doch sehr. Aus dem Zusammenhang gerissene Worte und Wortfetzen drangen an ihr Ohr. – Alles Gott überlassen – Seligkeit – halleluja – gelobt sei ...

Und sie sangen von einem wunderbaren Frieden. Frieden erfüllte sie. Die Unruhe in der Brust war weg. Sie hatte keine Angst und fürchtete sich auch nicht mehr. Der Hund war beim Nachbarn, und Per-Erik würde kommen, sobald er konnte.

Gott aber schien so weit weg von der Wirklichkeit. Wie auch das Perlentor. Warum fiel es ihr so schwer, zu glauben? Nur Gott die Verantwortung überlassen, das konnte sie nicht.

Dort unten wurde Kaffee serviert. Mädchen liefen umher mit Kaffeekannen und Kuchentellern. Signe hatte auch eine Tasse auf ihr Zimmer bekommen. Sie tauchte den Rührkuchen ein und fand, daß er gut geraten war, das Gebäck übrigens auch. Es schmeckte wie selbstgebacken und nicht wie gekauft. Der Kaffee hatte ihr gutgetan. Sie hätte gern noch ein Täßchen gehabt, doch sie würde sich wohl gedulden müssen. Sie sah ja, wie die Mädchen mit dem Servieren zu tun hatten.

Der Mann hatte die Ziehharmonika zur Seite gelegt und las jetzt aus der Bibel. Seine Stimme war laut und deutlich. Sie konnte gut verstehen, obwohl er so weit weg war. Sie hörte fast alle Worte, doch sie drangen nicht in ihr Bewußtsein. Einiges fiel auf taubes Gestein. Jetzt sangen sie wieder. Der Gesang und die Musik gefielen ihr. Sie kannte die Melodien noch von früher, als sie in ihrem Heimatort Veranstaltungen abgehalten hatten. Damals hatte sie auch den ›Kriegsruf‹ gekauft und eine Münze in die Sammelbüchse gesteckt. Jetzt müßte sie wohl auch etwas geben. Sie nahm eine Krone aus dem Portemonnaie und hielt sie in der Hand. Sollte sie hinausgehen und das Geld auf den Sammelteller legen? Vielleicht. Sie wog das Für und Wider ab. Sie brauchte ja nur die Treppe hinunterzulaufen und zu der großen Tür hinauszugehen. Ob sie das schaffte? Aber bestimmt. Wie war es mit der Kleidung? Sie strich mit der Hand über das Kleid. Sie war doch gut angezogen und brauchte deshalb keinen Mantel anzuziehen. Vielleicht war eine Krone zuwenig? Sie nahm noch eine Krone aus dem Portemonnaie. Dann ging sie vorsichtig die Treppe hinunter, zögerte einen Augenblick am Ausgang, ging dann aber auf den Tisch zu und legte ihre beiden Kronen auf den Teller zu den anderen Münzen.

»Gott segne alle freundlichen Spender!«

Auch sie fühlte sich mit einbezogen.

»Wie schön, daß Sie herausgekommen sind.« Die Heimleiterin eilte von einem Tisch zum anderen.

»Hat man Ihnen schon nachgeschenkt?«

Sie kam sich geradezu wichtig vor.

»Nein, ich habe meine Tasse auf dem Zimmer.«

»Wir werden Ihnen eine neue Tasse holen, es ist doch selbstverständlich, daß Sie nachgeschenkt bekommen.«

»Hier ist noch Platz zum Sitzen«, einige rückten zusammen. Sie saßen eng, und sie fühlte die Wärme von einem anderen Menschen neben sich.

Es war ihr, als sei sie über eine hohe Schwelle gestiegen.

Signe blieb noch im Garten, als die Veranstaltung zu Ende war. Sie lief herum und schaute sich die Blumenrabatten an. ›Was für schöne Pelargonien! Wenn ich nun einen Senker abmache und Eva bitte, mir einen Blumentopf zu kaufen‹, dachte sie.

Einen Senker abmachen, das war nicht stehlen, sie nahm das sehr genau.

»Ehrlich währt am längsten«, murmelte sie vor sich hin. »So leben, daß man den Leuten immer in die Augen sehen kann.«

Sie beugte sich nach unten und brach einen kleinen Senker am Wurzelstock ab.

»Der wird angehen, Wurzeltriebe müssen es sein, und zwar kleine.«

Es ist wie bei jungen Hunden und jungen Katzen. Man soll sie zu sich nehmen, wenn sie noch klein sind, und sehen, wie sie groß werden, dann hat man an ihnen die meiste Freude. Sie entwickeln sich dann am besten. Das wußte sie aus Erfahrung.

Zunächst würde sie den Senker im Zahnputzglas in Wasser tun. Richtige Wurzelfasern sollten erst heraustreiben, ehe sie ihn in Erde pflanzte. Das mit der Wurzel war sehr wichtig. Sie verbarg den Senker in der Hand und ging auf ihr Zimmer.

Wer hätte das gedacht, sie war draußen gewesen! Das hatte es schon lange nicht mehr gegeben.

Auf dem Tisch standen ein Glas Milch und ein belegtes Brot auf einem Pappteller. Daneben ein Plastebecher mit einer weißen Tablette darin. Das war für den Abend gedacht. Sie verspürte keinen Hunger, trank aber die Milch. Das Brot versteckte sie im Schrank. Dort waren schon zwei für Per-Erik versteckt. Sie öffnete den Beutel und sah nach. Die waren schon verschimmelt, stellte sie fest, und sie ging zum Fenster und zerkrümelte das Brot für die Vögel. Den Plastebeutel hob sie auf. Sie ging einige Male durchs Zimmer. Öffnete den Deckel der Brauttruhe und legte den blauen Plastebeutel mit der Handarbeit hinein. Morgen war Sonntag, und da pflegte sie nicht zu arbeiten.

»Du sollst den Feiertag heiligen«, murmelte sie vor sich hin.

Jetzt hatte sie nur noch Feiertage, und es verlangte sie wieder nach Arbeit und Aufgaben, nach Kraft und Aktivität, nach der Jugendzeit, an die sie sich deutlich erinnerte.

Auf dem Nachttisch lag die Goldbrosche, dort, wo sie sie gestern hingelegt hatte. Sie hatte vergessen, sie anzustecken. Morgen würde sie das tun. Johns Taschenuhr war stehengeblieben. Sie hatte vergessen, sie aufzuziehen. Wie spät könnte es wohl sein? Es war auch einerlei, sie wollte ohnehin zu Bett gehen. Sie schaute zum Fenster hinaus und versuchte, die Zeit nach der Sonne zu bestimmen, die hinter dem Wald versank.

Die Tablette nahm sie nicht. Was machte es schon, wenn sie wach lag. Sie brauchte nicht mehr wie früher zeitig aufzustehen und zu melken.

›Auch heute ist er nicht gekommen‹, war ihr letzter Gedanke, ehe sie einschlief.

4

Sonntagmorgen. Signe blieb länger als sonst liegen. Sie hätte gern eine Tasse starken Kaffee gehabt. Es gab eine kleine Kaffeeküche auf der Station, wo diejenigen, die dazu in der Lage waren, in ihrem eigenen Kessel selbst Kaffee kochten. Sie überlegte, ob sie sich einen eigenen Kessel anschaffen sollte. Natürlich hätte sie sich einen borgen können, aber sie wollte einen eigenen haben. Doch den Gedanken gab sie schon gleich wieder auf, weil der Sohn kommen und sie aus Solgården herausholen würde. Das hatte er versprochen, und sie konnte sich auf ihren Sohn verlassen.

Sie zog den neuen Morgenrock an und lief im Zimmer umher. Sie strich über den Samt und fühlte sich vornehm. Nie zuvor hatte sie einen Morgenrock besessen. Das war ein richtiger Luxus. Sie hatte sich früher immer gleich angezogen, wenn sie wach geworden war, und draußen ihre Arbeit mit den Hühnern und der Kuh getan. Das Pferd versorgte John. Sie gehörten zusammen und halfen sich gegenseitig. Nach der morgendlichen Arbeit stellten sie den Kaffee warm und setzten sich dann an den Küchentisch und tranken ihn. Besonders gut erinnerte sie sich an die Wintermorgen, wenn es draußen dunkel und kalt war. Wie herrlich war es doch, wenn man nach drinnen kam, Holz im Herd nachlegte und die Ofenklappe öffnete. Man empfand Dankbarkeit für die Wärme und die Geborgenheit im Hause. Sie hatte für Per-Erik immer Mehlsuppe gekocht, ehe er zur Schule ging. Er hatte einen weiten Schulweg. Er nahm entweder den Tretschlitten oder aber die Skier.

Sie hatte ihm Unterhemden aus dünner Wolle strikken lassen, doch der Junge weigerte sich, sie anzuziehen. Er schwitzte darin, und sie kratzten. Keins der anderen Kinder hatte so ein Unterhemd. Er war störrisch. Vielleicht hatte sie ihn zu dick angezogen? Sie war ja so besorgt um ihn. Der Junge kam oft schweißdurchnäßt nach Hause. Er schwitzte leicht. Sie erinnerte sich noch an die Schweißperlen auf seiner Nase und wie er sich mit dem Handrücken übers Gesicht gestrichen hatte. Wie gern er seine Schreib- und Rechenhefte vorzeigte, wo oft kleine rote Belobigungssterne eingetragen waren. Wie er darüber geweint hatte, daß er sich bei einer leichten Aufgabe in der Klassenarbeit verrechnet hatte. Er wollte der Beste sein, und das war er auch in allem, außer im Turnen. Er fürchtete sich so, über den Kasten zu springen, nachdem er sich mit dem Fuß daran gestoßen hatte. Die Kameraden hatten ihn auf dem Schlitten nach Hause gebracht, und sie hatte solche Angst empfunden, als sie die Kinder so daherkommen sah. Sie wußte doch nicht, was passiert war, und sie war ihnen entgegengelaufen, um Gewißheit zu erlangen. Mit feuchtwarmen Umschlägen wurde das wieder gut. Niemand kam auf den Gedanken, wegen so einer Kleinigkeit zum Arzt zu fahren. Er hatte auf dem Küchensofa gelegen, und um ihn herum lagen Papier und Bücher. Er schien sich aber nicht zu langweilen, im Gegenteil. Später war er immer um den Kasten herumgelaufen und war nie mehr darüber hinweggesprungen. Er ließ sich zu nichts zwingen. Er tat, was er für richtig hielt.

Es fiel ihm nicht leicht, Freunde zu finden. Er suchte gern die Gesellschaft älterer Menschen und schloß sich lieber diesen als Gleichaltrigen an. Zu Hause gab es keine Spielkameraden. Es war ein ganzes Stück bis zum Nachbarn, und dessen Kinder waren jünger als Per-Erik.

›Er hätte Geschwister haben müssen‹, dachte sie bei sich, ›man hätte auch ein Mädchen haben müssen.‹

Ein Mädchen, das wäre schön gewesen. Als Frau wäre es vielleicht leichter gewesen, mit einem Mädchen zu sprechen.

Eva, die gerade mit dem Frühstückstablett hereinkam, empfand sie fast wie eine Tochter.

»Wie fein Sie heute aussehen!« sagte sie.

»Den habe ich von meinem Sohn bekommen«, sagte Signe und strich dabei wieder über den Stoff des Morgenrockes.

»Samt, wirklich hübsch.«

»Er kauft immer etwas Ordentliches.«

»Man sieht, daß er Geschmack hat.«

»Er wird bald kommen.«

»Ja, das habe ich gehört.«

»Hat das jemand gesagt?«

»Sie haben es doch gesagt.«

»Ja, natürlich, ja, ich werde es wohl schon einmal gesagt haben.«

»Essen Sie jetzt tüchtig, damit Sie zu Kräften kommen.« Eva streichelte der Alten die Wange, ehe sie wegging.

Sie mußte essen, damit sie zu Kräften kam. Damit sie mit dem Sohn weit fahren konnte. Aber in einem Auto sitzen, das konnte doch nicht so anstrengend sein. Sie fuhr gern Auto.

Wenn er in früheren Jahren auf Urlaub nach Hause kam, machte er mit den Eltern immer eine Autotour. Doch er hatte es immer sehr eilig, er blieb nur einige Tage. Er wollte immer weiter nach dem Norden, um dort zu angeln.

»Ich brauche die Stille und die Ruhe, damit ich den Streß in der Stadt und bei meiner Arbeit aushalten kann«, sagte er dann immer.

»Hier im See gibt es doch auch Fische«, versuchte Signe ihn zu überreden.

»Aber keine Rotforelle, Mutti.«

»Muß es denn unbedingt Rotforelle sein? Vielleicht können wir die in der Stadt kaufen?«

Da hatte er nur gelacht.

»Es geht im Grunde genommen nicht um das Fischefangen, sondern um das Naturerlebnis. Stelle dir nur einmal die Gebirgsseen und die riesigen Weiten vor: und die Luft. Welch eine Luft!«

Sie versuchte, sich da hineinzudenken.

»Ich verstehe den Jungen«, hatte John gesagt, »fahr nur!«

»Kannst du nicht mitkommen?« hatte er Vati gefragt, doch der Sommer war eine Zeit, wo man alle Hände voll zu tun hatte mit der Heuernte und mit vielen Arbeiten, wozu das Pferd gebraucht wurde. Es ging nicht. Vielleicht ein andermal, später.

So war der Sohn losgefahren und war auf dem Heimweg vorbeigekommen mit Fischen und mitunter auch mit Sumpfbrombeeren. Er sah dann so gesund und froh aus.

»Ich fühle mich wie frisch gewaschen«, hatte er gesagt.

»Gewaschen?«

»Ja, sauber an Körper und Seele.«

Signe saß noch immer im Morgenrock da. Eine Hitzewelle ging durch den Körper. Das gleiche Gefühl, das sie in den Wechseljahren hatte. Ein leichter Schwindel und ein feuchtkaltes Gefühl auf dem Rücken.

Es war warm, draußen wie auch drinnen. Draußen auf der Wiese stand ein Rasensprenger und versprühte Wasser.

»Es wird Regen gebraucht«, sagte Signe, »wenn die Ernte gut werden soll.«

Sie hatte einen Ausblick auf die Anfahrt nach Solgården. Es kamen einige Autos, und Besucher stiegen aus und schauten zu den Fenstern hinauf, ob sie erwartet wurden. Sie hatten Blumensträuße bei sich sowie Einkaufstaschen mit Thermosflaschen und Kuchen. Einige von den Alten waren nach draußen gegangen und saßen zusammen mit ihren Kindern und anderen Angehörigen auf den Gartenstühlen. Einige saßen zurückgezogen auf ihren Zimmern, um besser miteinander sprechen zu können. Sie verschlossen die Tür sorgsam hinter sich. Sie wollten jedes Wort für sich behalten. Einige ließen die Tür sperrangelweit offen, damit man sehen konnte, daß sie Besuch hatten. Was gesprochen wurde, konnten alle hören.

»Mutti, du siehst aber gut aus!«

»Ja.«

»Und das Essen ist gut?«

»Ja.«

»Ist das Personal nett?«

»Ja.«

»Das Zimmer ist schön.«

»Ja.«

»Dann ist doch alles gut.«

Diejenigen, die keinen Besuch bekamen, legten sich hin, um die Zeit zu verschlafen. Damit sie nichts zu sehen und nichts zu denken brauchten.

Signe legte sich im Morgenrock auf das Bett, drehte das Gesicht zur Wand und schaute auf eine graue Tapete.

Die Sonntage erschienen ihr länger als die anderen Tage.

Die Nachbarn hatten versprochen, Signe zu besuchen, doch sie hatten keine Zeit dafür gehabt. Sie wußte ja, wie das im Sommer war, und es war gerade Heuernte. Sie waren auch früher nicht soviel zusammen gewesen. Da hatte sie John, und sie dachte nicht soviel daran, was es bedeutete, Freunde zu haben. Natürlich besuchten sie sich hin und wieder, doch meist nur, wenn sie ein Anliegen hatten. Sie sprachen über alltägliche Dinge oder borgten sich eine Tasse Zucker oder etwas anderes, was sie gerade brauchten. Sie holte immer Milch bei ihnen, wenn ihre Kuh trocken stand. Es war gut, daß der Hund bei ihnen sein konnte. Sie konnte beruhigt sein, denn die Leute waren nett, zu Tieren wie auch zu Menschen. Sie würde Per-Erik bitten, sie dorthin zu fahren, damit sie den Hund wiedersehen konnte.

Außerdem wollte sie den Sohn bitten, mit ihr einen Sommermantel zu kaufen. Sie brauchte einen für die bevorstehende Reise. Sonst war sie im Sommer immer nur in einer Strickjacke umhergelaufen. Einen dunkelblauen Mantel und einen weißen Hut hatte sie sich vorgestellt. Er hatte ja gesagt, daß sie es nur zu sagen brauchte, wenn sie etwas benötigte. Die schwarzen Schuhe waren erst für das Begräbnis gekauft worden und kaum getragen. Etwas anderes brauchte sie nicht.

Sie hatte nie viel auf Kleider gegeben. Das war etwas, was dazu da war, um sich gegen die Kälte zu schützen. Aber nichts, was man hatte, um es zur Schau zu stellen und darin bewundert zu werden. Ein Sommermantel jedoch, jetzt, wo sie bald auf Reisen ging, erschien ihr notwendig.

»Da liegen Sie nun und verschlafen einen so schönen Tag.« Es war Eva, die mit dem Essen kam.

»Soll ich denn schon wieder essen?«

»Seit dem letzten Mal sind viele Stunden vergangen.«

»Ich bin aber nicht hungrig.«

»Sehen Sie doch mal! Kalbssteak mit Sahnensoße und Gemüse. Erdbeeren als Nachtisch. Sieht das nicht lecker aus?«

»Jaah.«

»Außerdem würde ich denken, daß Sie sich anziehen und ein Weilchen nach draußen gehen.«

»Du meintest doch, daß ich im Morgenrock gut aussehe.«

»Natürlich sehen Sie darin gut aus, aber man muß sich auch mal richtig anziehen und sich bewegen, damit man nicht steif wird und liegen muß.«

Eva verschwand.

Liegen müssen! Diese Worte erschreckten Signe. Das war es ja, wovor sie die meiste Angst hatte. Sie würde sich anziehen, sobald sie gegessen hatte. Die Papierserviette hatte sie auf dem Schoß, und trotzdem bekleckerte sie sich mit Soße. Ein häßlicher Fleck auf dem neuen Rock. Auch das beunruhigte sie. Die Hand zitterte ihr. Es spannte auf der Stirn. Die Zunge wurde immer dicker. Das Schlucken fiel ihr schwer. So gutes Essen konnte sie doch aber nicht auf dem Teller liegenlassen. Das wäre undankbar gegenüber allen in der Küche, die da drinnen gestanden und an einem warmen Sommersonntag das Essen zubereitet hatten. Sie dachte an die am Herd. Und an Eva, die immer so freundlich war, auch wenn sie es eilig hatte.

Die Erdbeeren waren gut. Daß sie schon reif waren! Sie fragte sich, ob die neue Familie daran gedacht hatte, ihre Erdbeerbeete zu gießen und die Ranken abzuschneiden. Die ersten Erdbeeren des Jahres aß sie immer mit Andacht. Die waren wie ein Geschenk. Der Fleck – das war eine Kleinigkeit. Sich wegen Lappalien Sorgen machen! Sie schämte sich fast ihrer selbst. Aber liegen müssen?

Schnell kleidete sie sich an. Weil Sonntag war, zog sie das schwarze Kleid an. Sie steckte die Goldbrosche an. Sie stand am Fenster und schaute. Nach draußen gehen! Sie hatte keine Lust dazu.

Das Geschirr stand noch auf dem Tisch. Niemand hatte es geholt. Hatte Eva sie vergessen? Jetzt überkam sie wieder die Unruhe. Die einzige, die ›Tante‹ zu ihr sagte statt ›Frau Larsson‹. Sie horchte nach dem Korridor hin, doch da war es still.

Sie ging ein paarmal durchs Zimmer und blieb wieder am Fenster stehen. Ein blauer Wagen bog in die Einfahrt ein und parkte. Es gab genügend Platz zum Parken. Die meisten Besucher waren schon nach Hause gefahren.

Ein Mann stieg aus dem Wagen. Er war in Hemdsärmeln und griff nach einem karierten Sportsakko auf dem Rücksitz. Er brachte den Hemdkragen in Ordnung und rückte den Schlips, der locker um den Hals hing, gerade.

Das war Per-Erik, sicher doch?

Signe lehnte sich zum Fenster hinaus, so weit sie konnte, um besser zu sehen. Bestimmt, das war er!

»Per-Erik, hier bin ich«, rief sie.

Er schaute nach oben und blinzelte in die Sonne.

»Hier, hier!« Daß er sie nicht sah?

Der Mann ging mit festen Schritten auf den Eingang zu. Er hatte einen Blumenstrauß dabei.

Wie lange es dauerte! Sie hörte Schritte im Korridor und schaute erwartungsvoll zur Tür. Es war nur ein Mädchen, das das Geschirr holte und wieder verschwand.

Vielleicht hatte sie sich geirrt? Es gab natürlich mehrere blaue Autos. Aber der Mann war ihrem Sohn doch sehr ähnlich gewesen. Ja, ja, so geht es, wenn man sich zu früh freut, dachte sie und setzte sich auf den Stuhl am Fenster. Sie mußte wieder zur Besinnung kommen, Geduld haben.

Die Tür ging vorsichtig auf, doch sie wandte den Kopf nicht.

Der Sohn kam auf sie zu und legte ihr die Hand auf die Schulter.

»O Gott – mein liebes Kind!«

Er sah verlegen aus.

Sie erhob sich, ergriff seine Hand und legte sie an ihre Wange: »Wie ich mich danach gesehnt habe!«

»Geht es dir gut, Mutti?« Er mußte schlucken.

»Es muß schon gehen.«

Er streichelte ihr etwas unbeholfen die Wange mit dem Handrücken.

»Es ging nicht eher, verstehst du, es gibt immer soviel zu erledigen.«

»Setz dich«, sie zog einen Stuhl herbei, »so daß wir in aller Ruhe reden können. Wie ich gewartet habe!«

Sie ging zum Schrank und holte das Brot heraus, das sie seit dem Vortage aufgehoben hatte. Es war trocken, und die Käsescheibe wölbte sich.

»Vielleicht bist du hungrig«, sagte sie.

»Nein, ich habe in Gävle gegessen.« Er entfernte das Papier und überreichte ihr die Rosen, die er gekauft hatte.

»Rosen, wie schön, aber das wäre doch nicht nötig gewesen.«

»Ich dachte, du würdest dich darüber freuen.«

»Natürlich freue ich mich, aber am meisten über dich.« Sie ging zu ihm und legte ihre Wange an seine. »Rosen verwelken so schnell, aber dich behalte ich.«

»Aber überflüssig waren die doch wohl nicht.«

»Ja, wenn wir nun gleich losfahren – vielleicht heute abend?«

Er sah ihre Erwartung und wollte ihr nicht weh tun.

Es war so schwer, ihrem Blick zu begegnen und zu sagen, wie es war, daß er sich auf dem Weg nach dem Norden befand, so wie einst.

»Du bist immer noch der alte«, sagte sie.

Er war schweißbedeckt und legte die Jacke ab und lockerte den Schlips. Er fühlte sich müde.

»Monika läßt grüßen«, sagte er.

»Ich freue mich, Monika kennenzulernen«, sagte Signe.

Er sagte nichts, schaute nur auf den Fußboden.

»Wenn ich dir nur etwas anbieten könnte, nicht einmal einen Schluck Kaffee kann ich kochen. Ich wollte mir schon einen eigenen Kaffeekessel und ein paar Tassen anschaffen und ein Päckchen Kaffee kaufen, aber ich dachte, daß es unnötig ist, weil ich ja doch bald von hier weggehe. Wir haben hier auf der Station eine Kaffeeküche.«

Sie wirkte so aufgeregt.

»Es ist schon gut«, antwortete er.

»Was ist gut?«

»Daß man selbst Kaffee kochen kann, meine ich.«

»Ich könnte mir natürlich etwas borgen.«

»Mach dir keine Mühe. Nur etwas Wasser, denn ich habe Durst.«

Sie nahm den Pelargoniensenker aus dem Zahnputzglas und ging zur Toilette. Dort spülte sie das Glas gründlich aus und trocknete es mit einer sauberen Ecke des Handtuchs ab. Sie ließ das Wasser laufen, damit es kalt wurde. Dann ließ sie das Glas vollaufen und ging zu ihrem Sohn hinüber. Die Hand zitterte ihr, und ein Teil des Wassers schwappte heraus.

»Danke!«

»Wenn ich gewußt hätte, daß du heute kommst, hätte ich schon gepackt und wäre fertig. Aber das ist schnell getan, wenn ich nur den Koffer bekomme. Der ist unten im Lagerraum. Ich kann läuten und jemanden bitten, ihn zu holen.«

»Tu das nicht. Ich werde erst mit der Heimleiterin sprechen.«

»Aber die hat doch wohl nichts damit zu tun?«

»Heute abend fahren wir doch nicht mehr.«

»Fahren wir nicht?«

»Nein, ich bin zu müde, um heute noch weiter zu fahren.«

»Und morgen dann?«

»Wir werden sehen.«

»Werden sehen?«

»Ja, ich werde dir genau sagen, wie es ist. Ich hatte eigentlich gedacht, erst einige Tage nach dem Norden zu fahren, um mich dort ein wenig zu erholen. Im Zelt wohnen und angeln.«

»Wann holst du mich dann?«

»Auf dem Heimweg.«

»Und das ist ganz sicher?«

»Das ist sicher.«

»An welchem Tag wird das sein?«

»Nächsten Sonntag.«

»Noch eine ganze Woche.« Sie wirkte enttäuscht.

»Eine Woche vergeht schnell«, sagte er.

»Ich hatte gedacht, daß ich auch nach Hause kommen und den Hund besuchen könnte.«

»Das können wir doch jetzt tun. Es ist nicht so weit.«

Er zog gleich wieder die Jacke an.

»Brauche ich einen Mantel?« fragte sie.

»Ja, vielleicht wird es gegen Abend kühl.«

»Du mußt wissen, ich habe keinen Sommermantel. Ich wollte dich bitten, mit mir in ein Geschäft zu gehen und einen für mich zu kaufen.«

»Das macht dann Monika. So etwas versteht sie besser als ich.«

»Vielleicht. Denkst du, daß sie es auch will?«

»Das denke ich bestimmt.«

Sie zog den schwarzen Mantel an. Er schlotterte ihr um den Leib. Sie hatte sehr abgenommen.

Sie gingen gemeinsam den Korridor entlang. Er hatte sie fest untergefaßt.

»Wir müssen Bescheid sagen, wohin wir fahren«, sagte Signe.

»Das ist klar.«

»Wenn nun die Heimleiterin nicht da ist?«

»Dann sagen wir es jemand anderem.« Er wirkte selbstbewußt.

»Ach, geht denn das?«

Die Bürotür war angelehnt. Er klopfte, doch niemand antwortete. Eine Pflegerin kam vorbei.

»Wir fahren eben mal weg«, sagte er.

»Ja, bleiben Sie lange?«

»Müssen wir zu einer bestimmten Zeit zurück sein?«

»Möglichst nicht nach neun«, sagte die Pflegerin.

Sie gingen weiter zum Auto. Er öffnete und half ihr hinein und legte ihr den Sicherheitsgurt an.

»Hast du gesehen, ob ich abgeschlossen habe, als ich weggegangen bin?« fragte die Mutter.

»Meinst du die Tür?«

»Nein, das Schubfach in der Kommode.«

»Das weiß ich nicht, aber ich denke doch nicht, daß jemand etwas anrührt. Hast du dort etwas von Wert?«

»Ja, deine Briefe. Die Brosche und die Handtasche habe ich dabei.«

»Mutti, du sollst dir doch wegen Lappalien keine Sorgen machen.«

Er hat recht, dachte sie, sie machte sich so viele unnötige Sorgen.

Der Motor brummte ganz leise. Ihr Sohn war ein guter Fahrer. Sie war richtig froh und schaute ihn dabei an.

Nach einer Weile bogen sie von der Landstraße auf den schmalen und gewundenen Weg ab, nach dort, wo sie ihr Zuhause gehabt hatten.

»Hier ist man nun so oft gegangen«, sagte die Mutter.

»Ja, und mit den Skiern oder dem Tretschlitten zur Schule gefahren«, sagte der Sohn.

»Und hier haben wir Heidelbeeren gepflückt.« Sie zeigte dahin.

»Und weiter hinten gab es Preiselbeeren.«

»Dort oben auf dem Berg haben wir immer Moos geholt, das wir zwischen die Doppelfenster gelegt haben. Weißt du noch?«

»Natürlich weiß ich es noch.«

»Ich sehne mich nach Hause«, sagte sie.

»Das verstehe ich.«

Zunächst kamen sie zum Haus des Nachbarn. Per-Erik fuhr auf den Hof und parkte. Ein Hund bellte.

»Das ist Tej«, sagte Signe.

Der Sohn half der Mutter aus dem Wagen. Der Hund kam auf sie zu und wedelte mit dem Schwanz.

»Er erkennt uns, o Gott.«

Tej sprang an Signe hoch und bellte vor Freude.

Die Hofbesitzer kamen heraus, begrüßten sie und baten sie herein.

»Daß er mich wiedererkennt.« Signe nahm sich nicht die Zeit, den anderen die Hand zu geben. Für sie gab es nur den Hund. Sie verbarg ihr Gesicht in seinem Fell und streichelte ihn.

»Hast du's gut in Solgården?« fragte die Nachbarsfrau.

Da setzte sich Signe auf einen Stuhl und beruhigte den Hund.

»Ja, schon, aber es ist nicht wie zu Hause.«

»Du würdest dich nicht mehr zurechtfinden, wie die neuen Besitzer alles verändert haben.«

»Haben die viel verändert?«

»Ja, fast alles. Neu und bequem ist es geworden.«

»Wir machen am besten einen Abstecher nach dort, ehe wir zurückfahren«, sagte Per-Erik.

Die Nachbarn boten Kaffee in der Laube an, und man plauderte über alles mögliche. Niemand aber sprach von John. Das war noch eine offene Wunde. Doch alle fühlten, daß er fehlte.

Per-Erik schaute auf die Uhr.

»Es wird Zeit«, sagte er, »wir müssen gegen neun zurück sein.«

»Ich will aber erst nach Hause, ehe wir zurückfahren«, sagte die Mutter.

»Und wir müssen auch für den Hund bezahlen.« Der Sohn nahm Geld und reichte es dem Nachbarn.

»Und wie soll es weitergehen? Wollt ihr ihn zurückhaben?«

»Ich lasse noch von mir hören«, sagte Per-Erik, um die Entscheidung hinauszuschieben.

Sie fuhren zu ihrem alten Zuhause. Sie hielten ein Stück davor an und gingen das letzte Stück.

»Sieh mal, Per-Erik, das Haus ist nicht mehr rot«, sagte die Mutter.

»Sie haben es renoviert und anders angestrichen«, stellte der Sohn fest.

»Aber hast du auch gesehen, wie die Gartentür aussieht?«

»Ja, die haben die Räder vom Wagen abgemacht und in die Tür eingebaut.«

»Die haben Vatis Pferdewagen kaputtgemacht.«

»Ja.«

»Und neue Fenster eingesetzt, glaube ich.«

»Panoramafenster mit Jalousien.«

»In den Aufsatz des Wagens haben sie Blumen gepflanzt.«

»Ja, ich sehe es.«

»Es ist nicht mehr wie früher«, sagte die Mutter.

»Nein.«

»Wir gehen nicht hinein«, sagte die Mutter. »Nein, man findet sich nicht mehr zurecht.« Sie wirkte traurig. »Ich will wenigstens die alte Erinnerung an drinnen behalten.«

»Ich auch. Daß es so schwer ist, so schwer, daß ...«

Er drehte sich plötzlich um und faßte die Mutter um die Schultern.

Von weitem sahen sie aus wie ein verliebtes Paar.

Er hielt die Mutter weiterhin umfaßt.

»Das ist meine Schuld«, sagte er.

»Niemand kann etwas dafür«, sagte sie.

»Ich hätte warten sollen.«

»Aber eines Tages muß man sich doch von allem trennen, was man hat.« Sie wirkte ruhig und überzeugt.

»Ja, so ist die Wirklichkeit.«

»Man müht sich ab und schuftet«, sagte sie.

»Man kann sich fragen, wozu.«

»Aber du bist jung und hast noch viel vor dir.«

»Gerade jetzt fühle ich mich sehr alt«, sagte er und versuchte zu lächeln.

»Du bist müde, ich weiß, wie das ist«, sagte die Mutter. »Wenn Vati noch lebte, hätte er sicher gesagt, daß du zum Angeln fahren und dich erholen sollst.«

»Und du?«

»Ich gedulde mich, und du fährst«, sagte sie.

»Wie kannst du nur immer so lieb sein?« fragte er.

»Ich bin nicht so lieb. Man muß *füreinander* da sein und sich gegenseitig helfen, verstehst du?«

Sie blieben stehen und sahen sich nur an.

Auf der Heimfahrt nach Solgården schwiegen sie lange. Es gab da etwas Feines und Zerbrechliches in ihrem Verhältnis zueinander, das nicht zerstört werden durfte.

»Schaffen wir es?« sagte sie schließlich.

»Aber ja, wir sind gleich da.«

Er begleitete sie in ihr Zimmer. Da stand wie gewöhnlich ein Glas Milch, und daneben lagen zwei belegte Brote und die kleine weiße Tablette.

»Du nimmst das eine Brot«, entschied sie, »und die Milch teilen wir uns.«

Sie goß über die Hälfte ins Zahnputzglas.

Sie saßen sich am Tisch gegenüber und aßen.

»Kannst du schlecht schlafen, Mutti?« fragte er und zeigte auf die Tablette.

»Ja, mitunter.«

»Ich helfe dir beim Ausziehen und sehe, daß du gut ins Bett kommst.«

»Ich komme schon allein zurecht«, sagte sie.

»Aber ich werde dich wohl gut zudecken dürfen, so wie du es mit mir gemacht hast, als ich klein war. Das war so schön.«

»Aber ja.«

Sie nahm das Nachthemd und ging zur Toilette, um

sich auszuziehen. Nicht einmal vor ihrem Sohn konnte sie sich entkleidet zeigen. Sie kroch ins Bett, und er stopfte ihr die Decke um den Rücken.

»Ist es gut so?«

»Ja.«

»Dann sehen wir uns morgen, ehe ich losfahre.«

»Ja.«

Sie war sehr müde.

»Schlaf gut, bis dann!«

»Ja.«

5

Signe wurde zeitig wach und lag im Bett und sah den Rosenstrauß an. Sie zählte fünf Rosen mit langen, kräftigen Stielen. Sie ließen nicht die Köpfe hängen, sondern waren noch ganz frisch.

Per-Erik war also gekommen! Endlich.

Ihr Inneres war etwas zur Ruhe gekommen, und sie fühlte sich so stark wie lange nicht. Nur die Hüfte schmerzte ein wenig. Sie war es nicht gewohnt, so viel auf den Beinen zu sein wie gestern.

»Er sah müde aus«, sagte sie zu sich selbst.

Es war gut, daß sie nach Hause fahren und sich dort umsehen konnte. Jetzt sehnte sie sich nicht mehr nach dort, wo sich alles so verändert hatte. Etwas war weggeschnitten worden, und es war wie eine Erleichterung. Nicht einmal der Gedanke an den Hund beunruhigte sie mehr. Noch eine Woche, dann würde sie mit dem Sohn wegfahren. Das Dasein erschien ihr hell, sie stand auf und machte Toilette. Heute würde sie das geblümte Kleid anziehen. Es war ihr zu weit geworden, doch wenn sie nur erst bei ihrem Sohn wäre, dann würde ihr Appetit schon besser werden, und sie bekäme die Kilos, die sie verloren hatte, wieder drauf.

Es war nicht Eva, die mit dem Essen kam, sondern ein völlig fremdes Mädchen.

»Wo ist Eva?« fragte sie.

»Sie hat Urlaub.«

»Aha, ach so. Ja, es ist jetzt auch die Zeit dafür.«

»Ich bin nur die Urlaubsvertretung«, sagte das Mädchen.

»Mein Sohn ist gestern gekommen.«

»Wie schön!«

»Ja, das ist schön. Er holt mich nächsten Sonntag.«

Das Mädchen war schon gegangen.

»Die haben keine Zeit«, brummelte Signe, »man muß mit den Wänden reden.«

Signe setzte sich ans Fenster, um den Sohn, wenn er kam, gleich zu sehen. Sie fand, daß er auf sich warten ließ.

Auf dem Tisch lag der Senker. Ohne Wasser war er verwelkt. Sie nahm ihn und betrachtete ihn. Sie sagte einen Spruch auf, den sie als Kind gelernt hatte: »Vergiß nicht den Menschen über den Tieren und den Blumen.« Von wem stammte das? Sie konnte sich nicht erinnern, doch die Worte drangen ihr irgendwoher deutlich ins Bewußtsein.

Per-Erik war wichtiger als der Hund und der Senker, dachte sie. Er wollte doch Wasser haben, und das war das einzige Glas, das sie dafür hatte. Sie warf den Senker in den Papierkorb.

Das Fotoalbum lag noch immer auf dem Tisch. Sie öffnete es und sah sich das erste Bild an. Das Hochzeitsbild von ihr und John.

›Wie schick er in weißem Hemd und Krawatte aussah, und wie kindlich ich selbst wirkte‹, dachte sie.

»Per-Erik sieht mir ähnlich«, sagte sie laut zu sich, »aber er hat die Augen von John.«

Sie hielt den Daumen über Johns Gesicht, ließ aber die Augen frei.

»Er hat nicht Johns dichtes, dunkles Haar.«

Ein Auto war draußen an der Einfahrt zu hören. Sie schaute hinaus. Es war das Wäscheauto, das jeden Montag kam.

»Wie lange er schläft!« sagte sie und ging zum Nachttisch und schaute auf Johns Taschenuhr. Viertel nach neun. Die war wohl stehengeblieben? Sie hielt sie näher an sich und sah, daß sich der Sekundenzeiger bewegte. Nun ja, sie mußte sich eben gedulden.

Er hatte versprochen wiederzukommen, ehe er weiterfuhr. Dann tat er es auch. Sie konnte sich auf ihn verlassen. Vielleicht würde er erst essen, ehe er kam? Sie dachte nach. Aber wo schlief er? War noch Platz in der Pension, oder mußte er in die Stadt fahren und im Hotel wohnen? Sie hatte vergessen zu fragen.

Sie blätterte weiter im Album.

Per-Erik lag nackt auf einem weißen Schaffell.

›Wenn man bedenkt, daß wir den Jungen beim Fotografen ausgezogen haben! Nur, weil der Fotograf gesagt hat, daß kleine Kinder ohne Kleider am schönsten sind!‹ Und da lag der Junge nun splitternackt und lachte mit nur zwei Zähnchen im Munde. Und dabei hatte er doch einen wunderschönen Pullover gehabt! Daran erinnerte sie sich gut. Sie hatte ihn aus neuer Wolle gestrickt, nicht aus alter von etwas Aufgetrenntem. Er war anfangs etwas groß, aber er wuchs ja so schnell in die Sachen und auch wieder heraus.

Er lernte spät laufen. Er war schon über ein Jahr.

»Er schafft es schon«, hatte John gesagt, »er muß noch früh genug für den Rest seines Lebens laufen.«

Sie hatte sich immer Gedanken gemacht, ob er wohl genauso wie andere Kinder war, bis er sich eines Tages an einem Stuhl aufgerichtet und einige unsichere Schritte getan hatte. O Gott, wie glücklich sie war!

Er sagte erst Mama und dann Papa.

»Mam, mam, mam.«

Sie hatte für ihn leere Garnrollen zum Spielen an eine Schnur gebunden. Ja, ja.

Sie hatte vergessen, die ankommenden Autos im Auge zu behalten. Jetzt stand ein blauer Wagen auf dem Parkplatz, aber sie war sich nicht sicher, ob es der von Per-Erik war.

Der Sohn sprach mit der Heimleiterin.

»Sie haben ihr also nichts davon gesagt, daß sie wieder nach Solgården zurück soll«, sagte sie.

»Nein, das ist es ja gerade, was so schwer ist. Sie glaubt, daß sie bei mir bleiben wird – bei uns«, verbesserte er sich.

»Sie haben also keine Möglichkeit, sie für immer bei sich zu behalten?«

»Wir arbeiten doch beide. Sie würde sehr einsam sein.«

»Das sind wirklich Probleme«, sagte die Heimleiterin.

»Man kommt sich fast wie ein Betrüger vor, man sollte ihr lieber die Wahrheit sagen.«

»Aber, können wir es nicht so machen, daß Sie sie erst einmal probeweise herausnehmen und sehen, wie es geht. Man braucht ihr weder das eine noch das andere zu sagen. Es kann besser gehen, als man denkt.«

»Wenn das nur so einfach wäre.« Er wirkte wenig überzeugt.

»Sagen wir also ›bis auf weiteres‹, und dann holen Sie sie auf der Heimfahrt am Sonntag ab.«

»Denken Sie, daß sie sich die Reise zumuten kann?«

»Aber ja. Es sind doch wohl hauptsächlich die Nerven, die gelitten haben, und dazu kommt noch die Trauer um ihren Mann. Man muß es schließlich verstehen. Doch rufen Sie mich an, wenn es Probleme gibt. Im Sommer gibt es immer ein leeres Zimmer, im Herbst und im Winter kann es schwieriger werden.«

»Ich verstehe.«

»Besten Dank und auf Wiedersehen! Und alles Gute!« Sie reichten sich die Hand.

Er eilte weiter zum Zimmer der Mutter. Es war schrecklich, wie schnell die Zeit verging. Er wollte vor zwölf wegkommen, damit er auf der Landstraße nicht so zu rasen brauchte. Kaum eine Stunde konnte er bleiben. Er hatte Obst gekauft und einen Beutel Pfefferminzbonbons.

Sie saß wie gewöhnlich am Fenster.

»Sei gegrüßt, wartest du schon lange?«

»Ich habe mein ganzes Leben lang gewartet«, sagte sie und lächelte.

»Ist das dein Ernst?« Er versuchte heiter zu wirken.

»Ja, man wartet darauf, daß man Kinder bekommt, daß der erste Zahn kommt, daß sie laufen lernen, daß sie groß werden. Man wartet immerzu auf etwas. Das ist es vielleicht, was einen aufrechterhält.«

»Daran habe ich noch nie gedacht«, sagte er.

»So ist es aber. Ich habe mir Gedanken gemacht, wo du die Nacht verbracht hast.«

»Es war noch Platz in der Pension.«

»Hast du gegessen?«

»Mutti, ich bin jetzt erwachsen und bin es gewohnt, allein zurechtzukommen. Hast du dir nun schon wieder Sorgen gemacht?«

»Nicht gerade Sorgen, aber Gedanken.«

Das machte ihn nervös.

»Wann fährst du?«

»Nun, so bald wie möglich. Ich will beizeiten da sein und das Zelt aufbauen, ehe der Tau fällt.«

»Wirst du im Zelt wohnen?« Ihre Stimme klang ängstlich.

»Das mache ich immer, wenn ich angeln fahre.«

»Du hast doch aber sicher warme Sachen dabei und etwas zum Wechseln?«

Er biß die Zähne fest aufeinander, um nicht etwas Unfreundliches zu sagen. Er wollte nett sein.

»Du brauchst dir keine Sorgen zu machen«, sagte er.

»Und fahre vorsichtig!«

Sie reichte ihm die Hand.

Er ergriff sie.

»Ich hole dich am Sonntag.«

»Paß gut auf dich auf!«

»Ja.«

Er beugte sich herab und legte seine Wange an ihre.

Dann ging er.

Sie stand am Fenster und winkte, als er abfuhr. Sie konnte sich zu nichts aufraffen, sie setzte sich in den Schaukelstuhl und schloß die Augen.

Eine ganze Woche – das erschien ihr so lange. Jetzt überkam sie wieder die Müdigkeit. Immer diese Eile. Immer etwas anderes. Der Sohn hatte eine Rastlosigkeit an sich, die sie beunruhigte. Hatte er es als Kind nicht gut gehabt? Haben sie nicht alles für ihn getan, was sie konnten?

Auf wieviel hatten sie seinetwegen verzichtet, und hatten sie es nicht gern getan? Nie hatte irgendein Krach zwischen ihr und John den Jungen nachts wachgehalten, und trotzdem war der Junge durch Angstträume aufgeschreckt worden. Sie verstand das nicht, obwohl sie sich Gedanken darüber machte. Irgendwie war er so empfindlich, obwohl er robust aussah. Nett und dabei tüchtig. Vielleicht lag es daran? Daß er nett und tüchtig zugleich war. Sie wußte es nicht so recht. Sie hatte sich ihm nie so nahe gefühlt wie gestern. Sonst sprach er immer nur über allgemeine Dinge, über Kurse und die Arbeit. Sie fühlte, daß seine Welt nicht die ihre war.

Das Mädchen brachte das Tablett mit dem Essen, und Signe aß rein mechanisch. Dann holte sie die Handarbeit hervor und häkelte einige Reihen an der Plastematte. Sie sah vom Fenster aus, daß Hanna, die sie im Fernsehzimmer getroffen hatte, im Rollstuhl draußen im Garten saß. Vielleicht sollte sie einmal zu ihr hinausgehen?

Sie tat es auch, sie ging zu Hanna hin und setzte sich auf eine Bank neben sie.

»Mein Sohn ist gestern gekommen«, sagte sie.

»Zwei Enkel sind bei mir gewesen. Ein Glück, daß man die hat. Kannst du verstehen, daß ich mit denen besser reden kann als mit den Söhnen und Töchtern? Es ist, als verstünden sie einen besser.«

»Ist das so?«

»Das wirst du selbst erleben. Die Enkel sind das Beste, was man hat. An sie denke ich, ehe ich abends einschlafe und gleich am Morgen, wenn ich aufwache. Man wird fast ein wenig albern, verstehst du?«

Hanna lachte.

»Ich könnte wohl kaum jemanden so gern haben wie Per-Erik.«

»Sei dir nicht so sicher. Du wirst schon sehen ...«

»Er ist heute morgen weggefahren, aber er kommt zurück und holt mich am Sonntag.«

»Wirst du mit ihm nach Hause fahren?«

»Ja.«

»Und bleiben?«

»Ja.«

»Du hast es wirklich gut.«

»Ja.«

»Ich muß froh sein, wenn sie mich für eine Woche holen. Man will ihnen ja auch nicht den Urlaub verderben.«

»Verderben?«

»Ja, weißt du, die leben ihr eigenes Leben, die wollen verreisen, die haben ihre Freunde und Umgang mit Gleichaltrigen. Man fühlt sich da nur im Wege.«

»Ist das so?«

»Für mich ist das jedenfalls so«, sagte Hanna.

Signe saß schweigend da und grübelte ein Weilchen.

»Meinst du, daß man nicht willkommen wäre?«

»Doch, man ist schon willkommen. Das ist es nicht. Die haben nur keine Zeit für unsereinen.«

»Obwohl sie einen gern haben?«

»Das sind zwei verschiedene Dinge, verstehst du.«

»Aber ich komme schon selbst zurecht. Ich will niemandem zur Last fallen«, sagte Signe.

»Du kannst laufen, das habe ich vergessen. Da ist es vielleicht anders als bei einem, der bei allem Hilfe braucht.«

Hanna legte die Hand auf die Augen, als ob sie die Sonne scheute.

»Soll ich dich ein Weilchen im Garten herumfahren?« fragte Signe.

»Denkst du, daß du es schaffst?«

»Ich kann's ja mal versuchen«, sagte Signe und löste die Bremse, so wie sie es von der Pflegerin im Fernsehraum gesehen hatte. Sie schob mit aller Kraft.

»Wenn wir erst auf dem Gartenweg sind, geht es besser«, sagte Hanna, die es wissen mußte. Sie versuchte, die Räder mit den Händen zu bewegen, doch sie hatte keine Kraft dazu.

»Man müßte einen Rollstuhl mit elektrischem Antrieb haben, aber bei einer alten Frau ist das nicht so wichtig«, sagte sie verärgert.

»Warum hast du denn keinen?«

»Warum, eben darum, weil er zu teuer ist. Es gibt kein Geld, sagen sie.«

»Und du glaubst nicht, daß du lernen kannst, selbst zu laufen?«

»Denkst du denn nicht, daß ich es versucht habe? Ich war schon so weit, daß ich an Krücken gehen konnte, aber dann bin ich wieder gefallen und habe mir auch das andere Bein gebrochen. Man weiß nicht, ob man über das Elend lachen oder weinen soll, damit man es erträgt.«

»Nur gut, daß du einen solchen Humor hast«, sagte Signe.

»Nach außen vielleicht, aber wenn du wüßtest ...«

»Ja, es überkommt einen mitunter.«

»Die Röhrenknochen liegen schief, hat der Arzt gesagt, als er sich den Röntgenfilm ansah. Da habe ich ihn gefragt, ob man auch der Aufnahme ansieht, wie man das empfindet.«

»Was hat er denn darauf geantwortet?«

»Nichts.«

Eine Pflegerin kam herbeigelaufen, um zu helfen.

»Möchten Sie hinein?« fragte sie.

»Wir wollten ein Weilchen herumfahren«, erklärte Signe.

»Sie können mich ebensogut nach drinnen bringen, denn ich muß ohnehin auf die Toilette«, sagte Hanna.

Die Pflegerin fuhr mit ihr weg, und Signe blieb allein auf der Bank sitzen. ›Wie macht man's nur‹, dachte sie, ›um ein wenig Trost spenden zu können? Einigen werden doch schwere Bürden auferlegt.‹

Die Sonne verschwand hinter den Wolken, und die Luft wurde gleich kühler. Ihr schauderte.

»Es gibt Regen«, sagte sie zu sich selbst und ging auf ihr Zimmer.

Draußen auf dem Korridor brummte eine Bohnermaschine über den Fußboden, und es roch nach Wachs.

Es war schön, daß der Tag gleich zu Ende war. Sie wollte früh zu Bett gehen und die Tablette nehmen, damit sie nicht zu denken brauchte. Der Schlaf war barmherzig. Vielleicht war der Tod auch nicht viel schlimmer? Nur eine lange Ruhe. Sie brauchte sich dann keine Sorgen mehr zu machen.

6

Als sie am Dienstagmorgen erwachte, fiel draußen ein milder und leiser Regen. Sie sah, wie die Blätter vor Nässe glänzten, und meinte, daß manche Blumen sich aufrichteten.

›Das war auch nötig‹, dachte sie. ›Wasser, kleine Tropfen, die dem, was wächst, Leben geben.‹

Und Per-Erik? Wie, wenn er nun völlig durchnäßt und erkältet ist? Wenn er die Strümpfe nicht wechselt und die Sachen nicht trocknet? Immer beschäftigten sich ihre Gedanken mit dem Sohn. Es fiel ihr so schwer, ihn als erwachsenen und selbständigen Menschen zu betrachten.

Enkel. Sie hatte einmal zu ihrem Sohn gesagt, daß er sich verheiraten und sich Kinder anschaffen sollte.

»Man setzt keine Kinder in eine Welt«, hatte er erwidert, »in der so viele hungern. Dann nehmen wir lieber ein Pflegekind, das keine Eltern und kein Zuhause hat.«

»Denkst du, daß du dieses genauso wie ein eigenes lieben könntest?« hatte sie gefragt.

Dessen war er sich sicher. Danach hatten sie nicht mehr darüber gesprochen.

Ja, ja. Es wäre schon schön mit einem kleinen Enkel. Jemand, den man bestricken und mit dem man spazierengehen könnte. Sie könnte doch Babysitter sein. Sie würden sie brauchen. Sie würde nützlich sein.

Warum sprach er so selten von Monika? Vielleicht wollte Monika keine Kinder. Aber wenn sie das Kind nicht auszutragen und zu gebären brauchte? Es nur einfach haben. Kein Sodbrennen und nicht dick und unförmig werden und keine Geburtswehen haben.

Die Heimleiterin kam.

»Wie geht es Ihnen denn heute?«

»Es geht gut. Per-Erik holt mich am Sonntag.«

»Ich weiß. Wir haben darüber gesprochen.«

»Ach so, Sie haben miteinander gesprochen«, sagte Signe.

»Man muß doch gemeinsam planen.«

»Ja, ja, da kann ich vielleicht den Koffer bekommen und anfangen zu packen.«

»Es ist ja erst Dienstag, da ist noch viel Zeit.«

»Ich will mich aber nicht abhetzen«, sagte Signe.

»Ich werde wegen des Koffers rechtzeitig Bescheid geben.«

»Ich habe über den Schaukelstuhl nachgedacht. Glauben Sie, daß er ihn aufs Autodach nehmen kann? Die Brauttruhe geht sicher in den Kofferraum – und das Bild auch.«

Die Heimleiterin drehte und wendete sich.

»Wir können den Schaukelstuhl nachschicken«, sagte sie schließlich.

»Der muß aber vorsichtig behandelt werden.«

»Ja, ich verstehe schon. Lassen Sie es sich gut gehen, bis Ihr Sohn zurückkommt. Wenn Sie bei etwas Speziellem Hilfe brauchen, dann läuten Sie nur. Die praktischen Dinge regeln wir«, sagte sie und verließ das Zimmer.

Signe schaute in den Kleiderschrank. Sie hatte nicht viel zum Wechseln. Das würde bestimmt in den Koffer gehen. Die Briefe und die Papiere, die in der Kommode waren, tat sie gleich in die Brauttruhe. Dann waren es nur noch einige Kleinigkeiten, die in dem blauen Plastebeutel neben dem Häkelmaterial Platz fanden. Sie ging umher und legte alles zurecht. Der Tag wurde ihr lang. Sie sehnte sich nach dem Abend.

7

Am Sonnabend bekam sie eine Ansichtskarte von ihrem Sohn. Es war eine Gebirgslandschaft mit lieben Grüßen. Sie las sie mehrmals und lehnte die Karte dann an die Blumenvase.

Jetzt waren die Rosen verwelkt, ohne daß sie aufgeblüht waren, doch sie brachte es nicht übers Herz, sie wegzuwerfen. Die Mädchen, die sauber machten, hatten die Vase weggenommen, mußten sie aber wieder zurückstellen.

»Laßt sie stehen«, hatte sie gesagt.

Sie saß meist den ganzen Tag über am Fenster. Es regnete immer noch. ›Leichter Regen hält drei Tage an‹ – war eine alte Redensart. So wie auch: ›Blitz und Donner, die haben Eile.‹

Am Freitag würde die Sonne bestimmt wieder scheinen, wenn die alten Regeln sich bewahrheiteten. Und: ›Wie der Freitag sich neigt, so der Sonntag sich zeigt.‹ Da würden sie schönes Reisewetter haben. Sie freute sich bei dem Gedanken.

Noch hatte sie den Koffer nicht bekommen. Sie würde die Mädchen bitten, ihn morgen heraufzuholen. Dann war Donnerstag. Sie konnte bald die Tage nicht mehr auseinanderhalten, weil sie sich alle so gleich waren und sie ein Blatt zuviel vom Wandkalender abgerissen hatte.

Sie bekam ihren Koffer. Der war alt, aus Preßpappe, und das eine Schloß war kaputt. An dieser Seite war ein dicker Bindfaden darumgebunden. Sie hätte einen neuen Koffer kaufen sollen, dachte sie, aber sie brauchte ihn ja so selten. John und sie waren nie verreist. Sie hatten keine Zeit gehabt, konnten sich nicht frei machen. Der Koffer mußte es tun. Er tat noch seinen Dienst, wenn er auch alt war.

Wenn sie in dem schwarzen Kleid und dem Mantel reiste, konnte sie das übrige einpacken. Sie legte die Kleider vorsichtig zusammen, damit sie nicht knitterten. Hob sie hoch und legte sie zurück. Es gab Platz genug. Sie ließ den Deckel offen, falls sie etwas finden sollte, was sie vergessen hatte.

Ihr blieb Zeit zum Nachdenken, doch die Gedanken wanderten hin und her. Das Kofferpacken war für sie ein angenehmer Zeitvertreib.

Die weißen Schlaftabletten hob sie auf und wickelte sie sorgsam in ein Stück Papier, das sie in der Handtasche verbarg. Es wäre sicher nicht schlecht, sie an einem anderen Abend zur Hand zu haben, wenn sie sie mehr brauchte.

Sie hatte nie Tabletten geschluckt, ehe sie nach Solgården gekommen war, und nie daran gedacht, zu einem Arzt zu gehen, um welche zu bekommen. Für sie war es ganz natürlich gewesen, nach harter Arbeit nachts zu schlafen. Es war aber gut, daß es Tabletten gab, denn wenn sie der Schmerz um den Verlust Johns überwältigte, konnte sie nicht schlafen.

Sie dachte an das Grab. Sie würde den Sohn bitten, auf dem Weg nach Süden dort vorbeizufahren. Sie hatte die Pflege bezahlt und Geld für Blumen dagelassen. Genaugenommen wollte sie es gar nicht sehen, denn etwas in ihrem Inneren lehnte sich dagegen auf, daß John tot war. Das war alles nur ein böser Traum, und sie würde bald daraus erwachen. Sie schwebte irgendwie außerhalb der Wirklichkeit. Die Reise zu Per-Erik erschien ihr als ein Ausweg, zu sich selbst zu finden.

8

Am Freitag schien die Sonne wieder. Man fühlte sich erleichtert. Nur noch ein Tag. Das tägliche Einerlei machte sie gleichgültig. Die Mädchen kamen herein und verrichteten ihre Arbeit und sprachen ein paar Worte. Sie antwortete halb geistesabwesend.

Die wußten schon, daß sie wegreisen würde, daß der

Sohn käme. Das hatte sie schon so oft gesagt. Etwas anderes interessierte sie nicht. Die konnten saubermachen, wie sie wollten. Sie würde doch bald weggehen.

Sie wollte auf jeden Fall Hanna auf Wiedersehen sagen. Die einzige, mit der sie Kontakt bekommen hatte. Deshalb ging sie hinaus in den Garten und setzte sich auf eine Bank. Sie pflegten Hanna hinauszufahren, wenn das Wetter gut war. Sie wartete.

Einige der Alten, die nach draußen kamen, gingen an Stöcken. Einige schafften es ohne. Sie empfand große Dankbarkeit, daß sie laufen und sich unbehindert bewegen konnte.

Als Hanna nicht kam, stand Signe auf und ging zum Haupteingang. Sie traf eine Pflegerin und fragte nach Hanna. Den Nachnamen wußte sie nicht.

»Die im Rollstuhl …«

»Ach so, die. Sie wollte heute nicht nach draußen«, sagte die Pflegerin, »aber ich kann Sie zu ihrem Zimmer bringen. Sie wird sich bestimmt über Besuch freuen.«

Das Mädchen ging mit schnellen Schritten, blieb dann stehen und hielt eine Tür auf.

»Hier ist es.«

Hanna lag angekleidet auf dem Bett.

»Bist du es?«

»Ja, ich komme, um auf Wiedersehen zu sagen«, meinte Signe.

»Fährst du denn schon heute?«

»Erst am Sonntag.«

Hanna richtete sich mühsam auf und versuchte zu sitzen, wobei sie die Beine von der Bettkante herabhängen ließ.

»Ich habe Schmerzen, verstehst du?« sagte sie.

Signe nickte teilnahmsvoll.

»Die auf der Drei ist heute nacht gestorben.«

»Woher weißt du das?«

»Ja, als ich heute morgen hinausfahren wollte, hatten sie einen Stuhl vor ihre Tür gestellt. So machen sie es.«

»So?«

»Es war gut für sie, daß es mit ihr zu Ende gegangen

ist. Sie hat nur gelegen, konnte nicht einmal allein essen. Aber trotzdem ist man traurig.«

»Kanntest du sie?«

»Ja, natürlich. Als sie kam, ging es ihr ganz gut, aber dann bekam sie eine Hirnblutung und wurde dadurch gelähmt.«

»Ein Glück, daß man nicht weiß, was einem bevorsteht«, sagte Signe leise.

»Man muß einen Tag wie den anderen nehmen. Jeder Tag bringt genügend Leid, aber man hat schließlich auch Gutes hier im Leben gehabt«, sagte Hanna und versuchte zu lächeln.

»Ja, das stimmt. Es ist nur so, daß man das erst hinterher begreift. Man betrachtet es als selbstverständlich.«

Signe erhob sich, um zu gehen.

»Du kannst doch noch ein Weilchen bleiben«, bat Hanna.

»Nein, ich muß jetzt gehen.«

»Du mußt wohl packen?«

»Das habe ich schon getan.«

Sie reichten sich die Hände und wünschten sich alles Gute.

Signe ging auf ihr Zimmer zurück.

Hoffentlich geht es Per-Erik gut, dachte sie. Er sah wirklich müde aus, und sie war froh, daß sie ihn gebeten hatte zu fahren. Später könnte sie jeden Tag mit ihm zusammen sein, und da war es nicht mehr als recht, daß sie auf eine Woche verzichtete. Ja, ja. Es würde schön sein, von hier wegzukommen. Weit weg von Tod und anderen unerquicklichen Dingen.

Sie ging wie gewöhnlich früh zu Bett und blätterte in einer Zeitung, die sie aus dem Aufenthaltsraum mitgenommen hatte.

›Die richtige Art abzunehmen.‹ Sie rümpfte die Nase.

›Prominenter Fernsehstar läßt sich scheiden.‹

Das war nichts für sie. Das war doch nur dummes Zeug. Sie warf die Zeitung auf den Fußboden und drehte sich zur Wand, um zu schlafen.

Am Sonnabend kamen der Kirchenchor und der Pfarrer nach Solgården. Da schönes Wetter war, blieben sie im Freien. Das Personal hatte wieder eine Menge zusätzliche Arbeit, und es fehlte an Leuten in der Urlaubszeit.

Signe ging nicht nach draußen. Sie saß am Fenster und hörte zu. Es fragte auch niemand, ob sie hinausgehen wollte. Sie stellten ihr nur ihre Tasse und etwas Gebäck herein und eilten weiter. Sie verstand sie. Die hatten keine Zeit.

Weder der Gesang noch die Ansprache hatten sie gerührt. Sie hatte keinen Glauben und auch keine Zweifel. Sie saß ganz einfach da.

John und sie pflegten im Sommer am Sonnabendnachmittag draußen zu sitzen und Kaffee zu trinken. Sie warfen dem Hund ein Stück Zucker zu, und alles war so selbstverständlich. Jetzt sah sie das alles wie ein großes Glück. So sitzen zu können, zusammen. Das Himmelreich aber auch die Hölle gab es schon hier auf Erden. Das hatte sie erkannt. Nichts brauchte ihr mehr erklärt zu werden.

Der Pfarrer ging von Zimmer zu Zimmer und fragte, ob jemand ein Gespräch wünschte. Er kam auch in Signes Zimmer.

»Wünschen Sie eine Einzelandacht?«

»Ja, aber nicht jetzt«, antwortete sie.

»Vielleicht können wir zusammen beten?«

Sie lehnte ab.

»Wenn ich bete, bete ich am liebsten allein«, sagte sie.

»Man muß bereit sein, vor den Herrn zu treten«, sagte der Pfarrer.

»Ich bin bereit«, sagte sie und faltete die Hände.

Er verließ das Zimmer.

Sie erhob sich und ging zum Koffer, schaute ein letztes Mal, daß alles drin war. Sie schloß den Deckel und knotete den Bindfaden um die Seite, an der das Schloß kaputt war.

Sie war bereit.

Sie schlief diese Nacht unruhig. Sie wurde mehrmals wach und schaute auf die Uhr. Die Zeit verging so langsam, bis es Morgen wurde. Sie zog sich in aller Frühe an und saß nun und wartete auf Per-Erik.

Die Heimleiterin kam zu ihr und sagte, daß der Sohn angerufen hätte. Er würde gegen zwölf kommen, und sie sollte ordentlich essen, ehe sie losführen. Sie sollte sich keine Sorgen machen.

Sie stand am Fenster, als er kam. Ein Zucken ging durch ihren Körper. Er winkte zu ihr herauf, und sie winkte zurück.

Sie öffnete die Tür zum Korridor einen Spalt und sah ihn lächelnd auf sich zukommen. Nichts wurde gesagt, ehe sie die Tür hinter ihm geschlossen hatte.

»War es schön?«

»Ja, wirklich. Die Ruhe und die Einsamkeit sind Medizin für mich.«

»Meinst du?« Sie war erstaunt.

Er sah sich im Zimmer um.

»Den Koffer nehme ich«, sagte er. »Du hättest einen neuen Koffer gebraucht. Der sieht ja schlimm aus.«

»Der hält schon noch bis zum Auto«, sagte Signe.

Sie zog den Mantel an, setzte den Hut auf und holte die Handtasche.

»Hast du im Kofferraum Platz für die Brauttruhe?«

»Mußt du die mitnehmen?«

»Denkst du, daß du den Schaukelstuhl aufs Dach tun kannst, sonst, hat die Heimleiterin gesagt, können sie ihn nachschicken.«

Der Sohn sah ganz verwirrt aus.

»Das Kissen nehme ich unter den Arm«, sagte sie.

»Da kannst du den Kopf darauf legen, wenn du müde wirst. Aber das andere können wir hier lassen«, meinte er.

»Aber die Handarbeit muß ich mitnehmen«, sagte sie und ergriff den blauen Plastebeutel.

»Dann hast du also nichts vergessen«, sagte er.

»Das Bild gehört mir auch«, sagte sie.

»Laß es, wir gehen jetzt.«

Sie schaute sich unschlüssig um.

»Kann man das alles so lassen?«

Er war schon hinausgegangen und hielt ihr die Tür auf.

Sie nickten den Pflegerinnen zu und gaben der Heimleiterin die Hand und bedankten sich.

»Alles Gute, und lassen Sie es sich gut gehen«, sagte diese.

Per-Erik packte die Sachen in den Kofferraum, und Signe hörte, wie er zugeschlagen wurde. Er setzte die Mutter auf den Vordersitz und achtete darauf, daß sie gut saß.

Dann startete er das Auto und fuhr in Richtung Fernverkehrsstraße.

»Wir hätten vielleicht etwas zu essen mitnehmen sollen«, sagte die Mutter.

»Es dauert nicht so viele Stunden. Wir können anhalten und in Gävle oder Uppsala essen.«

»Aber ist das nicht furchtbar teuer?« fragte sie.

Er lächelte und schaute kurz zu ihr.

»Ich habe Geld«, antwortete er.

Dann folgte eine lange Stille.

Es gab soviel zu sehen. Die Landschaft zog schnell vorüber.

»So weit bin ich noch nie gekommen«, sagte sie schließlich. »Wenn doch John hätte dabeisein können!«

»Ich war am Montag an Vatis Grab«, sagte der Sohn.

»Du liebe Zeit, ich habe doch ganz und gar vergessen, dich um etwas zu bitten, ehe wir losgefahren sind. Du solltest mich nämlich zum Friedhof fahren.«

»Jetzt können wir deswegen nicht mehr umkehren. Ich habe eine Rose gepflanzt und außerdem einen Grabstein bestellt.«

»Du hast doch wohl einen hübschen genommen.« Wegen dieser Umsicht des Sohnes empfand sie trotz aller Trauer Freude.

»Ich denke, daß er dir gefallen wird«, sagte er.

»Bestimmt.« Sie lächelte ihm zu.

Sie lehnte sich zurück und schloß die Augen. Es kam ihr alles so schön und geregelt vor.

»Wenn du müde wirst, Mutti, können wir aussteigen und uns ein Weilchen ausruhen«, schlug er vor.

»Ich bin nicht müde.«

Wenn sie die Augen schloß, spielten Licht und Schatten über ihre Augenlider. Sie empfand das wie ein Spiel.

»Monika weiß doch, daß wir kommen?« Sie setzte sich einen Augenblick aufrecht.

»Ich habe sie angerufen, sie weiß also Bescheid«, sagte er.

»Es wird doch wohl nicht zu eng und beschwerlich, weil ich komme?« fragte die Mutter.

»Seit wir das Reihenhaus gekauft haben, haben wir genügend Platz.«

»Habt ihr ein Reihenhaus gekauft?«

»Ich habe doch geschrieben – daß wir umziehen.«

Sie hatte es vergessen, obwohl sie die Briefe mehrmals gelesen hatte.

»Bekomme ich ein eigenes Zimmer, sonst kann ich auch in der Küche wohnen?«

»Natürlich bekommst du ein eigenes Zimmer.«

»Ich komme schon selbst zurecht«, sagte sie.

»Aber vielleicht wird es langweilig, denn wir arbeiten beide.«

»Ich kann vielleicht das Essen machen, bis ihr nach Hause kommt«, sagte sie.

»Wir essen abends immer nur etwas Leichtes«, antwortete er.

»Eßt ihr denn kein warmes Abendbrot?« Sie war ganz erstaunt.

»Wir essen beide außerhalb. Das ist am einfachsten so, und es macht keine Umstände.«

»Ich werde euch keine Umstände machen«, sagte sie mit Nachdruck.

»Es wird schon alles in Ordnung gehen. Monika und ich, wir helfen uns immer gegenseitig im Haushalt und beim Saubermachen.«

»Ich glaube nicht, daß mir John je den Teppich geklopft hat«, sagte sie nachdenklich.

»Es sind jetzt andere Zeiten«, meinte er.

Sie hielten an einer Raststätte zwischen Gävle und Uppsala, um zu essen.

»Ich bin nicht hungrig«, versicherte sie.

»Iß nur etwas! Ich habe Monika gesagt, daß wir unterwegs essen würden. Sie braucht dann nicht mit dem Essen zu warten.«

Er studierte das Speiseangebot auf der Tafel an der Wand.

»Kalbssülze mit roten Beten ist nicht so teuer«, sagte sie.

»Du kannst wählen, was du gern möchtest. Auf ein paar Kronen mehr kommt es nicht an.«

»Ich nehme trotzdem Kalbssülze«, sagte sie.

Für sich bestellte er Beefsteak mit Zwiebeln.

Sie setzten sich an einen Fenstertisch mit Blick auf die Straße. Sie waren schon ein Stück in der Ebene um Uppsala. Das Land war flach wie ein Eierkuchen, in den große Ackerflächen eingebettet waren.

»Welche Arbeit, wenn man hier pflügen muß!« sagte Signe.

»Die haben Maschinen für die Landwirtschaft.«

»Hier gibt es wohl niemanden, der mit der Hand mäht und der die Gräben in Ordnung hält«, sagte sie.

»Das glaube ich nicht«, sagte er.

»Ist es noch weit?« fragte sie zwischen den einzelnen Bissen.

»Nein, wir sind jetzt bald zu Hause. Wenn wir nur nicht in einen Stau geraten.« Er schaute dabei auf die Uhr.

Zu Hause – das klang schön.

Er zeigte ihr die Toilette und ging hinaus, um zu tanken.

Dann fuhren sie weiter.

Der Verkehr wurde immer dichter, je näher sie an Stockholm herankamen. Sie schwieg, sie hatte Angst, daß sie stören könnte. Es gab eine lange Schlange bei Haga Norra, und oft ging es überhaupt nicht weiter.

»Ist das hier immer so?« fragte Signe.

»Ja, mitunter ist es noch schlimmer. Man kann eine Stunde steckenbleiben und nur noch weiterkriechen.«

»Unsereiner weiß von nichts, denn man ist ja nie herausgekommen«, sagte sie.

Er fuhr in Richtung Essinge, und sie bewunderte die Aussicht. Bald bog er von der Autobahn ab und fuhr durch kleinere Straßen, bis er vor dem Reihenhaus hielt.

Signe stand mit der Handtasche und dem Plastebeutel da und wartete, während der Sohn den Koffer und seinen Rucksack aus dem Kofferraum holte.

»Sie ist vielleicht nicht zu Hause«, sagte die Mutter und meinte Monika, die nicht zu sehen war.

»Wir werden schon sehen«, sagte der Sohn und schloß die Tür auf.

Ein junges Mädchen in blauen Jeans und gelbem Polohemd kam ihnen entgegen. Sie küßte Per-Erik leicht auf die Wange.

»Das hier ist Mutti«, sagte er und wandte sich der Mutter zu.

»Monika«, sagte das Mädchen und reichte ihr die Hand.

»Bist du Monika?« fragte Signe erstaunt.

»Ja, hatten Sie sich mich anders vorgestellt?«

»Du siehst so jung aus.«

»Aber ich bin bald dreißig«, sagte sie und machte dabei eine heftige Kopfbewegung, so daß ihr langes, dunkles Haar nach hinten fiel.

Signe hatte noch nicht abgelegt. Sie stellte vorsichtig die Handtasche und den Plastebeutel ab. Als sie sich aufrichtete, fühlte sie einen leichten Schwindel und hielt sich am Türpfosten fest. Es kam ihr vor, als schwankte der Fußboden. Es dauerte aber nur einen Augenblick.

»Mutti ist müde von der Reise«, sagte der Sohn und half ihr aus dem Mantel und nahm ihr den Hut ab.

»Wir werden Kaffee kochen«, sagte Monika und verschwand in Richtung Küche.

»Ja, so wohnen wir«, sagte der Sohn und führte die Mutter herum.

Zunächst einmal ein großes Wohnzimmer mit mehreren Fenstern und Ausgang direkt zu einem Rasenplatz mit Gartenmöbeln.

»Das ist wirklich schön! Wie gut es dir jetzt geht!«

In dem Raum standen eine schwarze Ledercouch und ein rotes Sofa mit einem Tisch dazwischen.

»Wie schön, mit dem weißen Teppich unter dem Tisch.« Signe bewunderte den Teppich.

»Wie schnell der schmutzig wird. Zu Hause hätten wir nie etwas Weißes auf dem Fußboden haben können«, sagte sie.

Monika kam mit dem Kaffeetablett.

»Wir setzen uns wohl gleich hierher«, meinte sie.

Signe ging zur Ledercouch und strich behutsam über die Rückenlehne.

»Die gehört Erik«, sagte Monika, »und die rote mir.«

»Erik? Und dir?«

»Ja, Mutti, du mußt verstehen, auf Arbeit und auch sonst sagen hier alle nur Erik zu mir. Das ›Per‹ gebraucht niemand mehr außer dir.«

»Aber gehört euch nicht alles zusammen? Ich meine die Möbel und das Haus und das alles.«

»Wir haben uns zusammengetan«, sagte das Mädchen und lachte. »Ich hatte von früher schon einiges, und Erik hatte seins. Das ist gar nicht so ungewöhnlich.«

»Das ist es vielleicht nicht«, sagte die Alte, »aber John und ich hatten alles gemeinsam. Es gab da nie einen Unterschied zwischen mein und dein.«

»Lassen wir das«, sagte der Sohn, »wir trinken jetzt Kaffee.«

Monika hatte Plundergebäck und Mandelkuchen gekauft. Der Kaffee war stark und gut.

Signe saß auf der Ledercouch und schaute die jungen Leute auf dem roten Sofa an. Sie sahen nicht so aus, als ob sie zusammengehörten, aber sie waren ja auch kein Ehepaar, noch nicht.

Nach Ansicht der Alten sah das junge Mädchen

schmal und mager aus, fast wie ein Teenager. Es war nicht so, wie sie es sich vorgestellt hatte, aber wen Per-Erik liebte, den liebte auch sie. Der Sohn legte den Arm um die Schultern des Mädchens, und die Mutter wünschte, daß sie es wäre, die dort saß.

»Mutti, du kannst im Kinderzimmer wohnen«, sagte er.

»Ja, das ist leer«, meinte Monika.

Es gab noch zwei Zimmer in der gleichen Etage. Das Schlafzimmer der jungen Leute und eins, wo Per-Erik einen großen Schreibtisch hatte und Regale mit Büchern und Ordnern.

Signe stand auf der Schwelle zum Schlafzimmer, wo ein großes Bett aus Kiefernholz den meisten Platz einnahm. Grüne Kissen und der Bettbezug mit großgeblümtem Muster. Keine Tagesdecke.

Sie hatte eine selbstgestrickte Tagesdecke in der Brauttruhe. Wie dumm, daß die nicht mitgekommen war, dachte sie. Sobald sie käme, würde sie ihnen die Tagesdecke geben.

»Du hast doch wohl die Bettwäsche von zu Hause mitgenommen?« fragte sie den Sohn.

»Das habe ich getan. Es stehen verschiedene Kisten und Kartons unten im Keller«, sagte er.

»Dies ist so pflegeleicht«, erklärte Monika und schlug einen Zipfel des Bettbezugs um. »Man braucht es nicht zu mangeln, man tut es nur in die Waschmaschine und hängt es zum Trocknen auf.«

Die Bettücher waren grün wie die Kissen.

Signes Zimmer lag daneben. Es war hell und gemütlich, jedoch einfach möbliert. Nur ein Bett, ein Tisch und ein Stuhl. Das ist gut, dachte Signe, denn da war Platz für den Schaukelstuhl und auch für die Brauttruhe. Sie würde sich schon wohl fühlen.

Die Küche war ebenfalls gemütlich, mit Schränken aus Naturholz, Kühl- und Tiefkühlschrank, Geschirrspülmaschine und Elektroherd.

»Das ist genauso schön wie auf Reklamebildern«, sagte Signe.

Monika und Per-Erik schauten sich glücklich an.

Neben der Küche war ein Eßzimmer mit Tischen und Stühlen. Die Mutter setzte sich ganz vorn auf die Stuhlkante.

»Wie gut es dir doch geht«, meinte sie wieder.

»Gewiß geht es uns gut, aber wir müssen uns dafür auch ganz schön abrackern«, sagte der Sohn.

»Denken Sie, daß Sie damit zurechtkommen, daß Sie tagsüber allein sind?«

»Ich komme allein zurecht.«

»Mit Essen und dergleichen?«

»Ich esse nicht soviel«, sagte die Alte.

»Im Tiefkühlschrank sind Eßwaren zum Auftauen. Kommen Sie, ich werde es Ihnen zeigen.« Sie wühlte dabei zwischen Plastepäckchen und viereckigen Packungen.

»Es gibt ein Selbstbedienungsgeschäft in der Nähe, nicht weit zu laufen, aber du brauchst es nur zu sagen, dann kaufen wir in der Mittagspause ein.«

Sie hatte doch einen lieben Sohn, dachte sie.

»Und kennen Sie sich mit dem Herd aus?« Monika drehte an Schaltern und zeigte es ihr.

»Damit werde ich schon fertig. Ich hatte doch die letzten Jahre eine Kochplatte auf dem eisernen Herd.«

»Und vergiß nicht, die Tür zu verschließen, wenn du weggehst, und mach nicht auf, wenn jemand klingelt.«

»Soll ich denn nicht aufmachen?«

»Nein, man weiß nie, wer das sein könnte.«

»Ach so.«

Sie gingen hinaus auf den kleinen grünen Rasen vor dem Wohnzimmer.

»Hier kannst du sitzen, wenn schönes Wetter ist«, sagte der Sohn.

»Muß ich diese Tür auch zuschließen?«

»Nicht, wenn du in der Nähe bist und sie im Auge hast.«

»Ach so, ja, ja.«

»Es ist nicht wie zu Hause, wo man bei unverschlossenen Türen geschlafen hat«, erklärte der Sohn.

»Nein.«

Sie gingen wieder hinein.

»Möchten Sie noch etwas haben, ehe Sie zu Bett gehen?«

»Wir könnten vielleicht einen Brei kochen«, sagte sie. Die jungen Leute schauten sich an. Sie hatten nichts für einen Brei in der Speisekammer. Sie hatten schon lange keinen Brei mehr gegessen.

»Ich werde morgen Haferflocken kaufen«, sagte der Sohn.

»Aber wir haben Sauermilch«, meinte Monika.

»Das ist ebensogut. Man schläft besser, wenn man etwas im Magen hat.« Sie gingen in die Küche und holten welche aus dem Kühlschrank.

Per-Erik trug ihren Koffer in das Zimmer, wo sie wohnen sollte.

»Du kannst morgen auspacken. Da hast du den ganzen Tag Zeit. Wir fahren zeitig zur Arbeit.«

»Würdest du das Kissen holen – mein Trostkissen?« bat sie.

»Ach so, das hast du noch im Wagen, ja gewiß, natürlich.«

»Und hier haben wir das Bad und die Toilette.« Monika zeigte es ihr. »Und hier ist extra eine Toilette für Gäste. Da können Sie Ihre Toilettensachen hintun.«

»Ich habe nur Seife und Kamm, Zahnbürste und Zahnpasta. Das hat gut Platz. Vielen Dank!«

»Sie können morgen so lange schlafen, wie Sie wollen.«

»Danke, aber ich werde immer früh wach.«

Signe öffnete den Deckel ihres Koffers und holte das Nachthemd heraus. Sie war müde und wollte sich hinlegen. Sorgfältig legte sie die Tagesdecke zusammen und entdeckte, daß ihr Bett genauso hübsch bezogen war wie die Betten der jungen Leute. Ihres allerdings war blau. Die gleiche Farbe wie die des Himmels an einem Sommertag. ›Wie das Himmelreich‹, dachte sie und schlief sogleich ein.

9

Signe erwachte vor den jungen Leuten. Sie hörte den Verkehr, der sich wie ein gleichmäßiger Strom draußen auf der Straße bewegte. Es war nie richtig ruhig, und trotzdem hatte sie die ganze Nacht geschlafen. Aber sie war ja auch so müde von der Reise.

Sie überlegte, ob sie aufstehen und für die jungen Leute Kaffee kochen sollte. Nicht heute, ein andermal, wenn sie sich besser mit dem Herd auskennen würde. Wenn sie sich eingewöhnt hatte und besser wußte, wo alles lag, beschloß sie und blieb liegen. Sie hörte den Wecker läuten, das Wasser im Bad rauschen und schnelle Schritte in der Küche. Es roch nach geröstetem Brot.

»Sollen wir Mutti wecken?« hörte sie Per-Erik fragen.

»Laß sie nur schlafen«, antwortete Monika. Sie glaubten also, daß sie schlief.

»Bist du nicht bald fertig …?« Der Sohn schien gereizt.

»Ja, ich komme … ich will nur noch …«

»Komm nun, ich möchte rechtzeitig zur Arbeit kommen und nicht erst in letzter Minute. Das weißt du doch.«

»Wir schaffen's schon, ich will nur noch …« Eine zuschlagende Tür, dann wurde es still.

Sie stand auf und ging zu ihrer Toilette.

Wie fein alles war! Sie lief im Nachthemd umher und schaute in die anderen Räume. ›Die haben ihre Betten nicht gemacht‹, dachte sie und glättete das Bettzeug.

Sie würde sich erst anziehen, ehe sie Kaffee kochte, entschied sie und ging in ihr Zimmer. Das Kittelkleid war zerknittert, doch sie zog es trotzdem an. Dann würde sie auspacken und die Sachen weghängen.

Sie ging in die Küche, suchte den Kaffeekessel. Es gab keinen. Vielleicht im Topfschrank? Sie öffnete die Türen und suchte überall. Auf der Anrichte stand eine moderne Kaffeemaschine, mit der sie sich nicht auskannte. Sie wagte nicht, die Schnur in die Steckdose zu stecken und es zu versuchen.

Sie maß zwei Tassen Wasser in einem gewöhnlichen Topf ab und setzte ihn auf eine Kochplatte. Sie sah sich die Pfeile an dem Schalter genau an, ehe sie daran drehte. Vorsichtig berührte sie mit den Fingerspitzen die Platte, um zu fühlen, ob sie es auch richtig gemacht hatte. Ja, die wurde warm. Die Kaffeebüchse stand neben der Kaffeemaschine. Sie nahm einige Löffel voll davon und tat sie in das Wasser. Das Zeug sah aus wie Schnupftabak. Schnell schob sie den Topf zur Seite, als das Wasser kochte, und schaltete zurück. Sie holte die Brille, um auch sicher zu sein, daß sie es richtig gemacht hatte.

Auf dem Tisch standen Butter und Weißbrot und ein Glas Juice. Das war für sie. Sie toastete das Brot nicht, sondern machte sich eine Scheibe zurecht wie sonst. Der Kaffee war nur noch lauwarm, als sie ihn trank. Sie würde Per-Erik um einen gewöhnlichen Kessel und um Kaffee bitten, der wie Kaffee aussah. Eine zweite Tasse trank sie nicht noch.

Sie räumte den Tisch ab und spülte ihre Tasse im Abwaschbecken. Dann ging sie ins Wohnzimmer und setzte sich auf die Ledercouch.

»Hanna sollte mich nur mal sehen!« sagte sie zu sich selbst. »Die haben jetzt Frühstück in Solgården bekommen und sitzen jetzt da und warten auf das Mittagessen. Ja. Ja.«

Sie stand auf und probierte einen Sessel aus. Nur mit Mühe kam sie wieder hoch, und es war ihr gleich, wem er gehörte. Dein und mein – sie hatte noch nie etwas so Dummes gehört.

Sie packte ihre Kleider aus und hängte sie in den Schrank. Dort war viel Platz. Johns Taschenuhr legte sie auf den Tisch.

»Wenn John hätte dabeisein können! Wenn er hätte sehen können, wie gut es dem Jungen geht!«

Sie fröstelte, obwohl es Sommer und warm war. Vielleicht sollte sie ein Weilchen ruhen? Statt nach draußen zu gehen, legte sie sich aufs Bett und deckte sich mit dem Morgenrock zu.

Sie wachte mit einem Ruck auf. Sie wußte gar nicht so recht, wo sie war. Es dauerte einige Zeit, bis sie sich erinnerte. Sie war hungrig. Der Magen knurrte ihr. Vielleicht war noch etwas übriggebliebenes Essen im Kühlschrank, dachte sie und sah nach. Eier waren da drin und verschiedene Konserven, außerdem Milch und Sauermilch. Sie kochte ein Ei und öffnete eine Dose Ölsardinen. Sie saß allein am Tisch und aß. Morgen würde sie in das Selbstbedienungsgeschäft gehen, von dem Per-Erik gesprochen hatte. Nicht heute. Sie war zu müde. Die würden doch wohl bald zu Hause sein? Die Sonne stand schon schräg am Himmel. Sie hatten nicht gesagt, wann sie so etwa kamen. Sie öffnete die Tür, die zur Rasenfläche und zu den Gartenmöbeln führte, einen Spalt, doch sie fühlte sich zu unsicher, um nach draußen zu gehen. Sie blieb auf der Schwelle stehen. Draußen vor den anderen Reihenhäusern war kein Mensch zu sehen. Sie schloß die Tür und ging wieder nach drinnen. Blieb vor einem Bild an der Wand stehen. Wurde daraus nicht klug, obwohl sie mehrere Male hinschaute. Nur eine Masse Striche und dicke Farbschichten. Aber der Rahmen war schön, fand sie.

›Wie gut es doch dem Jungen geht – schöne Möbel und was sonst noch alles‹, der Gedanke kam ihr wieder. Etwas von zu Hause konnte sie unter den Möbeln nicht finden, aber die waren vielleicht im Keller. Er hatte doch gesagt, daß er einiges mitgenommen hätte.

Der Verkehr draußen auf der Straße nahm zu. Sie stellte sich ans Fenster und sah hinaus. Ein Bus hielt nicht weit davon entfernt, und Menschen quollen heraus, und alle eilten nach Hause. Sie trugen Einkaufstaschen voller Lebensmittel und schauten sich nicht um. Niemand blieb stehen, und keiner gab dem anderen die Hand. Alle waren sie Fremde in der gleichen Straße.

Sie hatte so schon eine ganze Zeit dagestanden, als ein blaues Auto zu dem Reihenhaus abbog. Das Herz hüpfte ihr in der Brust. Endlich. Der Tag war lang gewesen.

Beide schleppten Einkaufstaschen.

»Wie ist dir's ergangen?« fragte der Sohn.

»Gut«, so empfand sie es, als sie ihn sah.

»Haben Sie gegessen?« fragte Monika.

»Ich habe mir ein Ei gekocht und Ölsardinen gegessen.«

»Ist es dir langweilig gewesen?« Der Sohn wirkte ängstlich.

»Nicht so sehr.«

Monika packte ihre Tasche aus.

»Ich habe Roastbeef und Kartoffelsalat und eine Flasche Roten gekauft«, sagte sie.

Per-Erik hatte schon damit begonnen, im Eßzimmer zu decken.

»Wir können doch in der Küche sitzen«, meinte Signe.

»Wir setzen uns hierher«, sagte der Sohn und stellte braune Teller auf ein grünes Tischtuch.

»Ich hätte Kartoffeln kochen können, wenn ihr etwas gesagt hättet.«

»Schon fertig«, erwiderte Monika und zerschnitt einige Tomaten.

»Wie tüchtig Per-Erik ist«, sagte die Mutter, »ich meine, wie er den Tisch decken kann.«

»Das ist doch wohl die einfachste Sache von der Welt. Warum sollte ein Mann so etwas nicht tun können?« sagte das Mädchen.

»Ja, natürlich, aber trotzdem.«

Per-Erik öffnete die Weinflasche, und Monika stellte Kerzen auf den Tisch.

»Jetzt wollen wir feiern«, sagte sie.

Der Sohn faßte die Mutter am Arm und schob ihr einen Stuhl zu.

»O Gott, was habe ich heute auf Arbeit für einen anstrengenden Tag gehabt!« meinte Monika. »Es ist wirklich schön, abschalten zu können.«

»Eigentlich hätte ich heute Überstunden machen müssen, doch ich habe statt dessen die Arbeit mit nach Hause genommen«, sagte der Sohn. »Wenn man eine Woche weg ist, dann liegt immer ein Haufen Arbeit da und wartet auf einen.«

»Wir sprechen jetzt nicht von der Arbeit, das reicht einem schon tagsüber. Wir nehmen jetzt erst einmal einen Schluck.« Sie erhob das Glas.

»Ist das stark?« fragte Signe.

»Das ist nur Wein. Zum Wohl und willkommen!«

»Das Fleisch ist nicht durchgebraten«, sagte Signe.

»Das darf es auch nicht sein«, erwiderte Monika.

»Darf nicht?«

»Mutti hat noch nie Roastbeef gegessen, mußt du verstehen«, erklärte der Sohn.

»Was haben Sie denn heute gemacht?« fragte das Mädchen beim Essen.

»Ich habe ausgepackt und ... und ...« Sie erinnerte sich nicht, was sie getan hatte.

»Sollen wir morgen etwas Besonderes einkaufen? Ich habe Haferflocken gekauft, aber vielleicht möchtest du gern irgend etwas Besonderes haben?«

»Kohlrübenpüree«, sagte die Mutter.

Monika lachte.

»Kohlrübenpüree mit Schweinebauch ist etwas Feines«, sagte der Sohn ernst.

»Ich hätte gern einen gewöhnlichen Kaffeekessel und richtigen Kaffee«, bat die Mutter.

»Kommen Sie nicht mit der Kaffeemaschine zurecht?«

»Nein.«

»Ich habe vergessen, es Ihnen zu zeigen. Das ist so einfach.«

»Ich möchte aber trotzdem einen Kaffeekessel haben«, sagte Signe.

»Ich werde morgen einen kaufen«, meinte der Sohn, wobei er einen Block aus der Tasche zog und es notierte.

»Und dann der Mantel. Ich habe keinen Sommermantel, wenn wir einmal weggehen.«

»Mußt du den unbedingt jetzt haben?«

»Ich brauche ja doch einen. Man fühlt sich so komisch in einem Wintermantel mitten im Sommer und noch dazu hier unter so vielen Leuten.«

Er wandte sich an Monika und fragte, ob sie der Mutter beim Kaufen behilflich sein könnte.

»Da muß ich frei nehmen«, sagte sie. »Sie kann doch nicht allein mit der U-Bahn oder mit dem Bus fahren, das begreifst du sicher.«

»Wir können es am Sonnabend erledigen, da haben wir frei«, erwiderte er.

»Du weißt, wie es mit Parkmöglichkeiten in der Stadt ist, und am Sonnabend sind wir bei Kickan und Olle auf dem Lande eingeladen. Wir wollten doch baden und uns amüsieren und bis Sonntag dort bleiben.«

Er sah betrübt aus.

»Aber du hast doch wohl gesagt, daß wir Mutti hier haben?«

»Sie kann mitkommen.«

»Ich kann zu Hause bleiben. Fahrt ihr nur! Und mit dem Mantel hat es auch keine Eile. Ich bin all die Jahre ohne ausgekommen, da geht es jetzt auch. Man hatte früher nur eine Strickjacke.«

»Haben Sie wirklich nie einen Sommermantel gehabt?«

Das Gespräch verstummte. Die Flammen der Kerzen flackerten und warfen schwache Schatten auf das grüne Tuch. Der Wein schmeckte bitter, fand Signe, doch sie sagte nichts. Sie trank aus, wollte aber nicht mehr haben.

›Feiern‹, dachte sie und schaute auf die schönen Teller, die Gläser und das Tischtuch.

Einer half dem anderen beim Abräumen. Monika tat das Geschirr in die Spülmaschine und drehte an einem Schalter. Ein monotones Brummen ertönte. Per-Erik nahm seine Aktentasche und ging in das Zimmer mit dem Schreibtisch.

Monika stand vor dem Spiegel und kämmte ihr langes Haar.

»Möchten Sie ein Weilchen rausgehen? Wir können eine Runde ums Viertel machen«, sagte sie.

»Ja, vielleicht.«

Signe ging in die Diele und holte ihren Mantel. Der war so groß und schwer.

Monika stand neben ihr, sah sie an, und eine große

Traurigkeit überkam sie. Sie hakte die Alte ein, und sie gingen nach draußen.

»Es ist klar, daß Sie einen Mantel bekommen«, sagte sie. »Ich war nur gerade so müde, als wir darüber sprachen. Ich wollte nicht unhöflich sein.«

»Ich kann warten, bis du Zeit hast«, sagte Signe.

»Sie sind mir also nicht böse?«

»Nein, überhaupt nicht. Ich wußte doch nicht, daß ihr soviel zu tun hattet.«

»Erik arbeitet immer nur«, sagte das Mädchen. »Er hat nie Zeit zu leben.«

»Er war schon immer tüchtig«, sagte die Mutter.

Sie gingen langsam und blieben ab und zu stehen.

»Manchmal wünsche ich mich weit, weit von allem fort«, sagte Monika.

»Ja, so ist es. Man wünscht sich immer etwas anderes, woandershin, bis man entdeckt ...«

»Was denn?«

»Das es das gleiche ist.«

»Ich verstehe nicht ...«

»Ich auch nicht«, sagte die Alte.

Sie waren ums Viertel gegangen und standen auf dem Rasen vor dem Reihenhaus.

»Sind die Nachbarn nicht zu Hause?« fragte Signe.

»Ich weiß nicht«, sagte Monika.

»Ich habe heute niemanden gesehen.«

»Die arbeiten sicher, oder aber sie haben Urlaub.«

»Da kennst du wohl niemanden von ihnen?«

»Nein, noch nicht.«

»Hier könntet ihr einige Beete anlegen«, sagte Signe und zeigte auf die Stelle.

»Wir haben keine Zeit für so etwas. Erik schafft es kaum mit dem Rasen.«

Sie gingen hinein. Monika schaltete den Fernseher ein.

»Habt ihr Farbfernsehen?« Signe wirkte froh und erstaunt.

»Kommen Sie, ich werde Ihnen zeigen, auf welche Knöpfe Sie drücken müssen, wenn Sie allein sind und den Apparat anstellen wollen.« Sie zeigte es.

Dann ging sie in die Küche und kochte Kaffee. Der Sohn kam von seinen Akten zurück, und sie setzten sich gemeinsam vor den Fernsehapparat.

»Hast du wegen des Schaukelstuhls und der anderen Sachen in Solgården angerufen?« fragte die Mutter.

»Nein, ich habe noch keine Zeit gehabt«, erwiderte er.

»Ich bin müde und gehe zu Bett«, sagte die Mutter.

»Gute Nacht, und schlaf gut!«

Die Alte ging in ihr Zimmer und schloß die Tür.

»Wovon spricht sie eigentlich?« fragte Monika.

»Ja, du mußt wissen, sie hat einen Schaukelstuhl und noch andere Kleinigkeiten in dem Zimmer in Solgården, und als wir losfuhren, wollte sie alles mitnehmen. Sie denkt, daß sie für immer hier bleibt.«

»Aber das geht doch nicht.«

»Nein, und das ist es ja, was so schwer ist, ihr zu sagen. Daß sie wieder zurück muß.«

»Ja, o Gott, wie schwer. Sie tut mir leid. Sie sieht so hilflos aus.«

»Wir müssen ihr die Wahrheit sagen, aber so schonend wie möglich. Ich komme mir vor wie ein Schurke.«

»Aber du kannst doch nichts dafür …«

»Es ist falsch, daß ich nicht von Anfang an aufrichtig war. Ich hätte ihr sagen sollen, wie es ist, und sie nicht vertrösten sollen mit: ›Das geht schon in Ordnung.‹ So etwas sagt man dann so, um Probleme aus dem Weg zu gehen oder um sie vor sich herzuschieben.« Er hielt die Hände vors Gesicht.

»Wie lange gedenkt sie denn zu bleiben?«

»Ich weiß nicht, frage mich nicht.«

»Ich gehe morgen mit ihr einen Mantel kaufen«, entschied Monika. »Ich nehme am Nachmittag frei und hole sie hier ab, und wir gehen einkaufen. Danach holen wir dich von der Arbeit ab.«

»Das wäre sehr nett von dir, wenn du das tätest.«

»So kann sie doch nicht mehr herumlaufen, das siehst du wohl. Ich denke, daß wir sie ein bißchen hübsch einkleiden, dann bekommt sie ein besseres Selbstgefühl.«

»Du mit deinem Selbstgefühl. Mutti kümmert sich nicht um so etwas.«

»Was weißt du denn davon? Nichts. Du, ich schreibe ihr einen Zettel und lege den morgen früh auf den Küchentisch, damit sie fertig ist, wenn ich komme.«

Er schrieb einen Scheck aus und gab ihn Monika.

»Schön«, sagte er, »eine Sorge weniger.«

»Nimm es dir nicht so sehr zu Herzen«, sagte sie und streichelte ihm die Wange. Wie man es mit jemandem tut, den man gern hat.

Auf dem Küchentisch lag ein Zettel, und Signe las: ›Liebe Tante! Ich hole Sie gegen ein Uhr ab, dann gehen wir zusammen Kleider kaufen. Ich drücke Sie. Monika.‹

Sie las es immer wieder. Da stand ›ich drücke Sie‹. Ihr wurde von diesen Worten ganz warm ums Herz. Ich drücke Sie – das war so weich wie Schnee, der sich ballt. Sie saß lange da und hielt den Zettel in der Hand.

Da sah sie auf einmal, daß die Herdplatte rot war, und es roch angebrannt. Der Topf stand neben der Platte. Sie hatte gar nicht mehr an die Platte gedacht, die sie eingeschaltet hatte, als sie in die Küche gekommen war. Sofort schaltete sie den Strom aus, ließ Wasser in den Topf und stellte ihn auf die Platte. Es zischte, kochte und brodelte.

Sie öffnete das Fenster, um den Geruch herauszulassen. Was würden die bloß sagen? Sie mußte doch davon berichten. Sie nahm den Topf weg und sah sich die Platte an. Die war gräulich und heller als die anderen. Sie tat etwas Butter auf ein Stück Haushaltpapier und rieb sie damit ein. Es roch wie Eierkuchen. Die Platte wurde jedenfalls dunkler. So hatte sie es immer mit ihrer Kochplatte zu Hause getan. John hatte ihr das gezeigt. Bei ihm fühlte sie sich geborgen, und er wußte für alles Rat. Von nun an wollte sie sich sehr in acht nehmen. Nicht vom Herd weggehen oder in Gedanken versunken dasitzen, wenn sie etwas kochte. Es war nicht das erste Mal, daß sie die Platte vergessen hatte, wohl aber das erste Mal *hier*. Das darf nicht noch einmal passieren, nahm sie sich vor.

Sie aß statt Haferbrei etwas Dickmilch mit Cornflakes. Der Kaffee konnte ihr gestohlen bleiben, bis sie den Kaffeekessel bekam. Sie hatte so ein eigenartiges Gefühl im Magen. Ihr war geradezu übel. Das würde schon vorübergehen. Sie würde sich jedenfalls fertigmachen, bis Monika kam.

Sie saß fertig angezogen auf einem Stuhl und wartete. In regelmäßigen Abständen stand sie auf und ging ans Fenster und schaute hinaus.

Als das Auto kam, stand sie schon vor der Tür, bereit einzusteigen. Wie lieb, ihr beim Kleiderkauf zu helfen! Monika ist gut, dachte sie.

Das Mädchen half der Alten mit dem Sicherheitsgurt. Sie kam damit nicht allein zurecht.

»Daß du in einem solchen Verkehr fahren kannst«, sagte sie voller Bewunderung zu dem Mädchen.

»Man gewöhnt sich daran.«

»Ich würde mich nie getrauen.«

Monika fuhr zum Parkhaus, und von dort gingen sie zu einem großen Warenhaus, wo es alles gab, so daß sie nicht straßauf und straßab zu gehen und zu suchen brauchte.

»Wir nehmen am besten die Rolltreppe«, sagte das Mädchen.

»Ob ich das wage«, erwiderte die Alte, die noch nie damit gefahren war.

»Ich werde Sie festhalten. Kommen Sie nur!«

Signe getraute sich nicht, nach unten zu schauen; sie fühlte, wie es ihr vor den Augen schwindelte.

»Das ging ja gut. Noch eine Etage höher!«

»Halt mich nur gut fest«, bat sie.

Monika ging geradewegs zur Konfektionsabteilung.

»Etwas in Blau vielleicht«, sagte Signe.

Die Verkäuferin zeigte ihnen eine Reihe von Mänteln, und sie probierte verschiedene an.

»Du mußt entscheiden«, sagte sie zu Monika.

»Da meine ich, daß Sie den nehmen sollten, der sowohl Regen als auch Sonne verträgt.«

Monika bezahlte, und der alte Mantel wurde in einen Karton gepackt.

»Und dann ein Hut – wenn das Geld reicht.«

Sie gingen in eine andere Abteilung und probierten Hüte auf. Signe bat, beim Aufprobieren auf einem Stuhl sitzen zu dürfen. Sie verspürte ein Schwindelgefühl.

»Haben Sie denn auch ordentlich gegessen?« Monika sah besorgt aus.

»Ich habe heute morgen etwas Sauermilch gegessen.«

»Das ist doch nichts, wovon man satt werden kann. Nehmen Sie diesen dünnen, leichten Hut, dann gehen wir in den Erfrischungsraum und essen etwas.«

Sie entschied sich, und Monika bezahlte.

»Fleischklößchen mit Makkaroni wären nicht schlecht. Das nehme ich.«

»Zweimal Eis und zwei Tassen Kaffee«, sagte das Mädchen.

Es schmeckte gut, und Signe fühlte sich gleich besser.

»Sie hatten aber Hunger! Davon kann einem schwummerig werden. Wir kaufen auch gleich noch ein Kleid, wo wir nun schon einmal hier sind.«

»Das ist vielleicht nicht nötig«, meinte Signe.

»Unsinn, Sie sollen gut angezogen sein, und Erik hat mir Geld dafür gegeben.«

»Ich brauche ein Kittelkleid, aber ein hübsches.«

Signes Stimme war sicherer geworden.

»Eins aus gutem Stoff, das man waschen kann und das nicht gebügelt zu werden braucht«, ergänzte Monika.

Signe machte sich Sorgen wegen des Geldes.

»Was wird Per-Erik sagen?«

»Er wird nichts sagen. Er will ja selbst auch das haben, was schön und gut ist, warum sollten Sie das nicht auch bekommen?«

Monika ging die Kittelkleider durch, nahm eins heraus und hielt es Signe an.

»Das paßt gut zu Ihrem grauen Haar«, sagte sie.

»Kann ich so etwas Buntes tragen?«

»Aber sicher! Farben stimmen einen froh.«

»Aber ich habe doch Trauer.«

»Muttchen«, sie legte den Arm um Signe und drückte sie, »von schwarzen Kleidern wird es auch nicht besser.«

Signe begann zu weinen.

»Es ist lange her, daß mich jemand gedrückt hat«, sagte sie.

»Drückt Erik dich nicht?«

»Nein, aber er hat mich an den Schultern umfaßt und mir die Wange gestreichelt.«

»Ich weiß, daß es ihm schwerfällt zu zeigen, was er fühlt. Er geht immer so wenig aus sich heraus.«

»Gerade deshalb hat er dich wohl so gern, weil du so, so – forsch – bist.« Signe fand kein anderes Wort, das für das Mädchen gepaßt hätte. Forsch hätte sie zu Hause gesagt, und das sagte sie jetzt auch.

»Glaubst du, daß er mich auch gern hat?«

»Ja, er hat zu mir gesagt: ›Monika ist gut.‹ Das hat er gesagt.«

»Da siehst du's. ›Gut‹ – aber nichts von lieben.«

»Es kann aber doch dasselbe sein, was er damit sagen will.«

»Er ist außerordentlich nett, und man fühlt sich bei ihm geborgen«, sagte Monika.

»So war John auch.«

Sie gingen zusammen zur Ankleidekabine.

»Dieses Kittelkleid ist hübsch«, sagte Monika prüfend.

»Wenn es nun aber einläuft?«

»Du brauchst kein größeres. Das ist gut. Wir nehmen es.«

Um fünf warteten sie im Auto vor Per-Eriks Arbeitsstelle.

Er sah verschwitzt und gehetzt aus, als er aus der Tür trat. Er trug ein Paket.

»Ist alles gut gegangen?« fragte er durchs Autofenster, stieg ein und setzte sich auf den Rücksitz.

»Wir haben viel Geld ausgegeben«, sagte die Mutter.

»Und wenn schon, Hauptsache, alles ist zur Zufriedenheit verlaufen.«

Die Heimfahrt ging langsam vonstatten. Es gab lange Autoschlangen, und mitunter blieben sie ganz und gar stecken.

»Es ist schön, wenn man nach Hause kommt«, sagte er.

Signe fand auch, daß die Stadt sie sehr müde gemacht hatte.

»Ist hier immer so ein Durcheinander?« fragte sie.

»Ja.«

Als sie endlich zu Hause am Reihenhaus aus dem Auto stiegen, hatte sich ein gewisser Mißmut eingestellt. Signe empfand nicht die Freude, die sie sich erhofft hatte, als sie ihre neuen Kleider zeigte.

»Ja, das ist hübsch. Jetzt siehst du schick aus«, sagte der Sohn, und es klang wie eine Pflichtübung.

»Wir essen nur etwas Leichtes zum Abendbrot«, sagte Monika und machte eine Büchse Suppe auf und verdünnte sie mit Wasser. Sie machte Brote zurecht und belegte sie mit Käsescheiben, stellte eine Packung Milch auf den Tisch. Sie aßen schweigend.

Signe stand auf und holte die Handtasche. Sie nahm eine kleine blaue Schachtel heraus, worin sie Johns Trauring verwahrte.

»Ich hatte gedacht, daß du ihn bekommen sollst«, sagte sie und überreichte ihn dem Sohn.

»Vatis Ring«, sagte er.

»Ja, ich hatte gedacht, daß du ihn haben kannst, wenn ihr, Monika und du, heiratet.«

»Aber ich will mich nicht verheiraten«, sagte das Mädchen.

»Du willst dich nicht verheiraten?« Die Mutter war erstaunt.

»Nein, ich will frei sein. Wir fühlen uns auch ohne Ringe glücklich.«

Per-Erik schob den Ring immer wieder auf den Finger.

»Habt ihr euch denn nicht gern?« fragte die Mutter.

Die jungen Leute sahen sich lächelnd an.

»Aber ja doch.«

»Behalte den Ring nur – als Andenken«, sagte die Alte. Sie begriff nichts.

Per-Erik überreichte Signe sein Paket. Ein Kaffeekessel und ein Paket gemahlener Kaffee. Es war fast wie zu Weihnachten.

»Oh, wie schön, das ist wirklich, was ich brauche.«

»Der Dritte, der geht leer aus«, scherzte Monika.

Signe nahm ihre Goldbrosche ab und reichte sie Monika.

»Nimm sie! Ich habe sie von John bekommen, als ich fünfzig wurde.«

»Du wirst doch so etwas nicht verschenken?«

»Nimm sie, ich kann doch nichts mitnehmen. Das letzte Hemd hat keine Tasche.«

»So darfst du nicht reden ...«

»So ist es aber.«

»Ich kann sie trotzdem nicht annehmen, und sie paßt besser zu dir als zu mir.« Sie gab den Schmuck zurück.

»Ich wollte dir gern etwas geben, denn du warst so lieb«, sagte Signe.

»Danke, es ist schon gut so.«

10

Am nächsten Morgen hatte Monika, ehe sie wegfuhr, Signe ein Päckchen Feinfrostscholle hingestellt. Es lag in der Spüle und taute auf. Die Kartoffeltüte stand daneben.

Auf dem Tisch lag ein Zettel: ›Tante, Du mußt essen.‹

Es grauste Signe, Kartoffeln zu kochen und Fisch zu braten. Sie dachte an den Herd. Und allein essen, wie früher.

Sie hatte in der Nacht unruhig geschlafen und war mehrere Male durch den Verkehr draußen wach geworden. Erst gegen Morgen war sie richtig eingeschlafen. Sie hatte einen schweren Kopf. – Sie hatte liebe Kinder, dachte sie und zählte Monika in Gedanken dazu. Welche schönen Kleider sie bekommen hatte! Sie würde das neue Kittelkleid anziehen, ehe sie nach Hause kämen.

Jetzt hatte sie das alte an. Sie schonte ihre Sachen immer sehr.

Sie wusch die Kartoffeln und setzte sie auf. Sie kontrollierte genau, daß sie die richtige Platte eingeschaltet hatte. Semmelmehl konnte sie nicht in der Speisekammer finden. Sie nahm einen Zwieback und zerkrümelte ihn auf einem Teller. Die Bratpfanne stand auf dem Herd. Sie suchte einen Bratenheber in den Schubladen. Es war nicht so leicht, sich in einer fremden Küche zurechtzufinden. Die Fischfilets zerfielen, als sie sie wenden wollte, denn ihre Hand war unsicher. Nun ja, sie ließen sich wohl trotzdem essen, wenn sie auch nicht gerade schön aussahen. Den Tisch deckte sie nicht für sich, sondern sie nahm einen Teller und tat das Essen am Herd auf, machte sich ein Brot in der Speisekammer und setzte sich an den Tisch. Sie hatte vergessen, Salz daran zu tun, stellte sie fest, und langte nach dem Salzfäßchen.

»Man ist alt und taugt zu nichts mehr«, sagte sie zu sich selbst. »Man ist wohl doch nur eine Last. Hanna hatte schon recht.«

Sie wusch ihren Teller ab, stellte ihn aber trotzdem in die Geschirrspülmaschine, weil Monika es so wollte.

»Stell es nur in den Geschirrspüler«, hatte sie gesagt.

Sie brauchte nichts zu tun. Auch nicht sauberzumachen.

»Das machen wir!« hatten sie gesagt.

Die Zeit wurde ihr sehr lang. Genauso lang wie in Solgården, eher noch länger. Sie konnte sich das nicht eingestehen. Sie schob die harte Wahrheit beiseite.

Sie ging hinaus und setzte sich auf einen Gartenstuhl. Das Plastematerial und die Häkelnadel hatte sie mitgenommen. Aus dem Häkeln wurde nicht viel. Ihr war nicht danach zumute. Sie hatten so schöne Matten im Bad und auch sonst überall. Vielleicht wollten sie die gar nicht haben.

Zwischen den Reihenhäusern waren niedrige Zäune. Wie die Boxen in einem Kuhstall, dachte Signe. Jeder hatte seine Box.

»Nun mach schon, geh mal ein wenig zur Seite«, pflegte sie zur Kuh zu sagen. Ja, ja.

Sie ging wieder hinein und setzte den Kaffeekessel auf. Ein Glück, daß sie einen Kaffeekessel bekommen hatte! Sie freute sich auf den Abend, wenn die jungen Leute nach Hause kämen, dann hätte sie jemanden, mit dem sie sich unterhalten könnte.

Monika hatte ein Brathühnchen und Gemüse gekauft und machte Geflügelsalat in einer großen Glasschüssel. Sie war sehr flink.

Signe stand daneben und schaute zu. Der Sohn deckte den Tisch.

»Ich gehe heute abend zum Jazzballett«, sagte Monika.

»Ist das im Theater?« fragte Signe.

»Nein, wir sind in einem Kellerraum. Ein Farbiger unterrichtet uns.«

»Ein Farbiger?«

»Ja, ein Neger. Er ist Spitze. Einen Rhythmus und ein Gefühl für Musik hat der. Ich bin wie verwandelt.«

Das Mädchen machte einige Tanzschritte.

»Ich dachte, du würdest dorthin gehen, um andere tanzen zu sehen?«

»Das hier ist viel interessanter, als nur dazusitzen und zuzuschauen. Man wird richtig mitgerissen.«

»Ach so.«

»Brauchst du heute abend das Auto?« fragte Monika, an Per-Erik gewandt.

»Nein, heute abend nicht.«

»Aber wolltest du nicht zu einem Empfang?«

»Das ist erst morgen abend«, sagte er.

Monika aß schnell und zog sich um. Sie sah sehr schön aus in dem gelben Sommerkleid, als sie wegfuhr.

Per-Erik zog sich Jeans an und ging hinaus, um den Rasen zu mähen. Signe hörte, wie es draußen knatterte.

Nun würde sie den ganzen Abend mit dem Sohn allein sein können, dachte sie erfreut. Ihn mit niemandem teilen. Er würde ihr gehören, nur ihr, wie früher. Sie stellte die Kaffeetassen auf den Tisch im Wohnzimmer, setzte sich auf das rote Sofa und wartete. Er saß doch immer dort. Sie war voller Erwartung.

Er kam herein, setzte sich jedoch auf die Ledercouch. Sie rückte zu ihm hinüber.

»Wie schön wir es haben«, sagte sie.

»Ja-ah«, sagte der Sohn gähnend.

Sie holte den Kaffeekessel und goß ein.

Der Sohn saß schweigsam da und sah gedankenvoll aus. Die Mutter suchte nach Gesprächsstoff.

»Du brauchst meinetwegen nicht zu Hause zu bleiben«, sagte sie schließlich.

»Ich habe nicht die Absicht gehabt, wegzugehen«, antwortete er.

Das Telefon läutete.

»Ja, ja – das ist klar – ich werde mich erkundigen – wir werden sehen – vielleicht – ja, wenn wir können …« Er sprach nur kurz.

Die Alte hatte das Gefühl, daß es in dem Gespräch um sie ging.

»Es war wegen Sonnabend«, sagte der Sohn. »Denkst du, daß du mit aufs Land fahren kannst?«

Sie überlegte. Aufs Land, das klang schön.

»Wenn ich da nicht zur Last werde.«

»Es wird schon gut gehen.« Er schien nicht davon überzeugt.

Er schaltete den Fernseher ein.

Berichte aus dem Ausland. Krieg. Hungernde Kinder. Geballte Fäuste. Weinende Menschen. Tote.

Signe stand auf und ging in die Küche. Sie konnte das nicht sehen. Ihr Kummer war so unbedeutend im Vergleich mit dem dieser Leute. Menschen ohne Haus und Heim, die nicht einmal Wasser zum Trinken hatten. Sie schluckte die Tränen hinunter, es war ihr wie ein Klumpen im Hals. Sie verspürte eine Riesenangst und hielt sich krampfhaft an den Wasserhähnen an der Spüle fest.

»Geht es dir nicht gut, Mutti?« sagte der Sohn an der Küchentür.

»Doch, ich wollte nur einen Schluck Wasser trinken.«

»Kriegst du den Hahn nicht auf?« fragte er.

»Nein.«

Er half ihr, füllte ein Glas mit Wasser und reichte es ihr.

»Du hast wohl nicht mehr die richtige Kraft«, sagte er.

»Nein, ich tauge zu nichts mehr – ich bin nur noch eine Last. Und all die armen Menschen in der weiten Welt …«

»Niemand hat gesagt, daß du uns eine Last bist«, sagte er.

»Niemand hat das gesagt, aber man merkt es doch.«

»Was sollen wir denn da machen?« Seine Stimme klang unsicher.

»Ich fahre zurück nach Solgården«, sagte sie.

»Gefällt es dir dort besser?«

»Nein.«

»Du kannst doch noch eine Weile bei uns bleiben. Ein paar Wochen vielleicht«, schlug er vor.

»Ja, wenn ich nur nicht …«

»Magst du Monika nicht?« fragte er geradeheraus.

»Im Gegenteil, sie ist so lieb zu mir, sie hat mir beim Kleiderkauf und bei allem geholfen. Sie ist gut.«

»Du bist müde«, sagte er, hakte sie unter und brachte sie in ihr Zimmer. »Soll ich dir beim Ausziehen helfen?«

»Ich schaffe es schon, bis jetzt noch«, sagte sie und setzte sich auf den äußersten Rand der Bettkante.

Sie nahm ihr eigenes Kissen und verbarg das Gesicht darin.

Per-Erik ging zurück und setzte sich ins Wohnzimmer. Nun hatte die Mutter selbst das ausgesprochen, wovor es ihm so gegraut hatte. Er brauchte nichts zu erklären oder sie zu überreden. Und trotzdem erfaßte ihn ein Gefühl der Wehmut. Eine Erleichterung, die weh tat. Er verstand. Sie fühlte sich nirgendwo zu Hause. Er hatte gedacht, das Beste für sie zu tun, als er das Elternhaus verkaufte. Er wollte das Gute, und es war doch so ganz anders gegangen.

Auf dem Schreibtisch lagen Geschäftspapiere, die er fertigmachen mußte, wenn er mit seiner Arbeit auf dem laufenden bleiben wollte. Er konnte sich nicht darauf konzentrieren. Zahlen und Kalkulationen. Es widerstrebte ihm.

Er ging ins Zimmer zur Mutter, um zu sehen, ob sie eingeschlafen war. Sie lag wach und hatte die Hände auf der Brust gefaltet.

»Möchtest du etwas haben?« fragte er.

»Etwas Wasser«, antwortete sie leise.

Er holte es in der Küche und stellte das Glas auf den Tisch neben ihr.

»Wenn du wüßtest, wie froh ich war, als ich dich kriegen sollte«, sagte die Mutter.

Er setzte sich auf die Bettkante.

»Wie glücklich Vati und ich darüber waren!«

»Und dann kam alles anders als ihr es euch gedacht hattet«, sagte er.

»Nicht doch«, sagte sie.

»Da wäre es vielleicht besser gewesen, wenn ich zu Hause geblieben wäre und das Anwesen übernommen hätte?«

»Man weiß ja vornweg nie, was das beste ist«, sagte sie ganz leise, mehr zu sich selbst.

»Eben. Hinterher ist man immer klüger.«

»Du warst schon immer ein kluges Kind. Wir haben früh erkannt, daß du begabt bist.« Ihre Stimme klang sicher.

Er lächelte und legte seine Hand auf ihre.

»Versuche nun zu schlafen. Ich mache die Tür zu, damit wir dich morgen früh nicht stören.« Dann ging er.

Sie stand auf, holte die Handtasche und suchte die Schlaftabletten, die sie in Solgården beiseite gelegt hatte. Sie nahm eine und spülte sie mit Wasser hinunter. Es waren noch zwei übrig, falls sie später wieder Bedarf hatte. Es war ein Segen, daß sie durch den Schlaf allen Gedanken entrinnen konnte. Es war schön, alles vergessen zu können.

II

Per-Erik saß angezogen in einem Sessel und schlief, als Monika in der Nacht nach Hause kam.

»Bist du nicht ins Bett gegangen? Bist du aufgeblieben, um auf mich zu warten? Das tust du doch sonst nie.«

Sie war ganz verwundert.

»Ich bin wahrscheinlich eingeschlafen«, sagte er.

»Die Mädchen und ich haben hinterher in einem Lokal noch ein überbackenes Brot gegessen. Wir saßen da und schwatzten«, sagte sie.

»Du kannst doch machen, was du willst«, meinte er.

»Bist du sauer?«

»Nein, nur traurig.«

»Ist etwas passiert?«

»Nein, nicht unbedingt. Mutti und ich haben darüber gesprochen, wie es weitergehen soll.«

»Habt ihr euch gezankt?«

»Nein, Mutti schimpft nie.«

»Schimpft nie – das glaubst du doch selbst nicht. Deine Mutti und dein Vati haben sich doch sicher mal gezankt?«

»Nicht, daß ich wüßte«, sagte er.

»Hat sie denn nie widersprochen und eine eigene Meinung gehabt?«

»Man kann verschiedener Meinung sein, ohne sich zu zanken, das bin ich von zu Hause so gewöhnt. Vati hat immer geschaltet und gewaltet. Ich denke, daß Mutti nichts dagegen hatte, und wenn sie anderer Meinung war, gab es keinen Streit.«

»Hast du ihr gesagt, daß sie nicht hier bleiben kann?« fragte Monika.

»Sie hat es selbst gesagt. Sie hat Angst, uns zur Last zu fallen.«

»Hat sie das gesagt? Aber wir haben doch versucht – bestimmt haben wir das – versucht, nett zu sein.«

»Sie macht keinem von uns Vorwürfe. Mein Gott, es wäre besser, wenn sie schriee und schimpfte, da könnte man sich wenigstens verteidigen.«

»Da könnte man sagen, daß sie schwierig und undankbar ist, doch das ist sie nicht. Es ist nicht gut, daß sie den ganzen Tag allein ist, aber ich habe schließlich keine Lust, als Gesellschafterin ihretwegen zu Hause zu bleiben.«

»Nein, das verstehe ich.«

»Wir gehen zu Bett«, sagte Monika, »wir können nicht aufbleiben und so die ganze Nacht weiterdiskutieren. Wir müssen schlafen, damit wir morgen arbeiten können.«

12

Signe lag am Morgen wach und hörte, wie die jungen Leute in der Küche hantierten. Sie hatte nichts gehört, als Monika in der Nacht nach Hause gekommen war. Heute waren sie spät dran, später als sonst, dachte sie und schaute auf Johns Uhr.

Nie hatten sie und John solche Eile gehabt. Sie standen früh auf und tranken in aller Ruhe Kaffee, ehe sie zusammen in den Kuhstall gingen. Natürlich gab es im Kuhstall keine Stechuhr. Einmal hatte Per-Erik der Mutter von Stechuhren und Zeitstudienleuten erzählt. Sie fand das recht komisch. Es erschien ihr so unwirklich, daß jemand neben ihr stünde und die Zeit stoppte, wenn sie melkte.

›Ich hätte das gestern abend nicht sagen sollen.‹ Sie lag da und bereute es. ›Zurückfahren, was für ein Unsinn! Hier habe ich es gut. Den Jungen so traurig machen. Ich habe doch gesehen, daß er traurig wurde. So war es nun einmal gekommen. Vielleicht, weil ich so müde war. Ich habe mich noch nie im Leben soviel ausgeruht, und trotzdem bin ich müde. Es ist, als ob ...‹

Sie wußte nicht weiter.

In der Küche standen die Tassen auf dem Tisch, und ein halb aufgegessenes Brot lag auf der Spüle. Signe hatte den Morgenrock an, als sie Kaffee kochte.

Heute war Donnerstag. Eierkuchentag.

»Wenn ich nun Eierkuchen mache und Per-Erik damit

überrasche. Wo er doch so gern Eierkuchen ißt!« Sie sprach zu sich selbst, wie um eine Stimmprobe zu machen. Sie erinnerte sich so gut, wie er als Kind gefuttert hatte, wenn er aus der Schule kam.

Die Eier in der Speisekammer waren alle. Ohne Eier wären das ›Kolbullar‹ geworden. – Ja, ›Kolbullar‹! Das war das einzige Gericht, das John zubereiten konnte. Er hatte es in der Zeit gelernt, als er im Wald arbeitete. Viel fettes Schweinefleisch hatte er in der Pfanne gebraten und einen Teig aus Wasser und Mehl bereitet und etwas Salz hinzugegeben. Den Teig hatte er in das Fett getan, und es hatte geblubbert und gezischt. Wie das roch! Aber gut war es doch. Wenn John dabei gewesen wäre, hätten sie ›Kolbullar‹ gemacht. Obwohl das schon lange her war, hatte sie noch immer den Geschmack im Munde. Ein gutes Gedächtnis und gute Erinnerungen. Was in der vergangenen Woche geschehen war, daran konnte sie sich kaum erinnern. Was hatte sie eigentlich gestern gegessen?

Es läutete an der Tür. Sie öffnete nicht. Sie wußte ja Bescheid, daß sie nicht öffnen sollte. Sie stand hinter der Küchengardine und sah einen jungen Mann mit einer Aktentasche draußen vor der Tür. Das beunruhigte sie. Ob sie nicht doch öffnen und fragen sollte, was er wollte? Es wäre schön, mit jemandem zu sprechen. Doch sie war ja nicht richtig angezogen. Das ging nun einmal nicht. Sie sah den Mann zur Straße gehen und in einem Auto verschwinden. Wenn es wie zu Hause gewesen wäre, hätte sie ihm Kaffee angeboten. So war es dort Brauch.

Sie ging wieder in die Speisekammer und suchte Eingemachtes, denn Eierkuchen ohne Kompott schmeckten nach nichts. Auch im Kühlschrank kein Kompott. Nur ein Glas Marmelade. Natürlich wird etwas im Keller sein. Da war sie noch nicht gewesen, aber sie wußte, wo die Tür zur Treppe hinunter war.

Sie zog sich schnell an und machte das Bett.

Es gab doch immer Gläser mit Eingemachtem und Saftflaschen im Erdkeller zu Hause. Natürlich hatte Per-

Erik die mitgenommen und nicht zurückgelassen. Sie konnte es sich nicht anders vorstellen. Er hatte ja versprochen, alles zu regeln.

Vorsichtig stieg sie die Treppe hinab und kam zu einem großen Raum mit Kisten und Kartons. Da stand jedenfalls der Sekretär von zu Hause. Sie hatte ihm besonders ans Herz gelegt, daß er den nicht vergessen dürfe, denn auf Vaters Seite war der von Generation zu Generation vererbt worden. Und die kleine Fußbank aus der Küche erkannte sie wieder. Darauf saß Per-Erik immer vor dem Herd, wenn er sich im Winter anzog. Sie öffnete dann die Herdklappe, damit die Wärme in die Küche strömte und reichte ihm nacheinander die Strümpfe und die anderen Sachen.

»Du verwöhnst den Jungen«, hatte John gesagt.

Sie hatte ihm sogar die Pellkartoffeln geschält und sie ihm auf den Teller gelegt, obwohl er schon groß war und sie sich selbst schälen konnte.

»Das muß er schon noch früh genug selbst tun«, hatte sie sich verteidigt.

Andere Möbel konnte sie nicht entdecken.

Sie öffnete einen Karton an einer Ecke. Es waren Laken und Kopfkissenbezüge darin. ›Daß sie das nicht benutzen‹, dachte sie.

Weiter hinten auf dem Fußboden stand der dickbauchige Kupferkrug, in dem sie immer ihre Milch hatte. Und der Käsebottich, an den sie sich von ihrem Elternhaus her erinnerte. Ja, sie hatte doch immer ihrer Mutter geholfen und ihn oft mit Käsemasse gefüllt. Für Weißkäse wie auch für Ziegenkäse.

Jetzt hatte sie ihr eigentliches Anliegen vergessen, sie lief umher und schaute nur. Die blaue Glasvase hatte sie von John auf dem Markt in der Stadt bekommen, als sie verlobt waren. Die hätte sie eigentlich mitnehmen sollen. Per-Erik konnte doch nicht wissen …

Ja, ja.

Sie war bereits auf der Treppe nach oben, als ihr wieder das Kompott einfiel. Sie kehrte um, öffnete eine Tür. Das war der Heizkeller. Nächste Tür. Waschküche. Die sah nicht so aus wie die, an welche sie gewöhnt war. Hier gab es eine Waschmaschine und eine elektrische Mangel. Trockenraum mit einem großen Arbeitstisch mit vielen Schubladen und Fächern.

›Dem Jungen geht es wirklich gut‹, dachte sie. ›Aber den guten Duft in den Sachen bekommt man nur draußen an der frischen Luft und in der Sonne‹, stellte sie fest. ›Die haben natürlich Spray, aber das ist nicht das gleiche.‹

›Fichtennadel‹, so stand auf einer Dose im Bad. Signe hatte eines Tages aus Neugier auf den Knopf gedrückt und gesprüht. Sie hatte sogleich das Fenster geöffnet und den Geruch herausgelassen. Das war doch keine Waldesluft, wenn es auch auf der Dose stand.

›Waschküche‹, das müßte anders heißen.

Sie überlegte.

Es gab nur noch eine Tür. Das war der Keller für die Lebensmittel. Einige leere Regale und eine Horde für Kartoffeln. Leer.

›Sie haben vielleicht keine Zeit zum Auspacken gehabt‹, dachte sie und ging zu den Kisten und Kartons und suchte.

Alte Schulbücher. Die hatte er aufgehoben. Handelslehre. Volkswirtschaftslehre. Sie blätterte darin, verstand aber nichts. Daß der Junge so etwas Schweres gelesen hatte!

Langsam ging sie die Treppe hinauf. Vielleicht sollte sie in das Selbstbedienungsgeschäft gehen und Eier und Kompott kaufen? Monika hatte ihr das Gebäude gezeigt, es war nicht so weit zu laufen. Sie mußte sich schließlich daran gewöhnen, auf die Straße zu gehen und nicht nur immer drinnen herumzulaufen.

Sie zog den neuen Mantel an und setzte den neuen Hut auf, sie überprüfte, ob sie den Haustürschlüssel auch dabei hatte. Sicherheitshalber steckte sie den Schlüssel noch einmal ins Schloß. Als sie auf die Straße kam, wußte sie nicht recht, ob sie die Herdplatte ausgeschaltet hatte. Sie machte kehrt, um nachzusehen. Sie war ausgeschaltet. Na also.

Sie ging die Straße entlang und kam zu einem Fußgängerüberweg, wo sie wartete, bis es grün wurde. Als die Ampel von rot auf grün schaltete, eilten alle über die Straße. Signe blieb zurück, konnte nicht so schnell laufen. Das Herz pochte ihr in der Brust. Sie blieb einen Augenblick stehen und tat so, als ob sie sich ein Schaufenster ansähe. In der Handtasche waren die Herztabletten. Sie holte eine heraus und legte sie unter die Zunge. Etwas weiter war eine Anlage mit Bänken. Dort konnte sie sich hinsetzen und ein Weilchen ausruhen. Da gab es auch einen Spielplatz für Kinder. Rutschbahnen, Sandkästen und Klettergestelle. Mütter saßen auf den Bänken und hatten Kinderwagen dabei. Signe wäre gern da hingegangen, um einen Zipfel der Decke hochzuheben und eins der Kleinen anzuschauen, doch sie getraute sich nicht.

Zwei Kinder balgten sich um ein Sandeimerchen, und an der Rutschbahn stand eine Kindergärtnerin und ließ die Kinder in einer Reihe antreten.

›Die armen Kinder‹, dachte Signe. ›Was soll aus denen werden? Sich schon im Sandkasten prügeln und Schlange stehen müssen. Zwischen vierkantigen Holzlatten herumkriechen und -klettern.‹

Sie fühlte sich müde.

Es war nicht mehr weit bis zum Warenhaus und zum Selbstbedienungsgeschäft. Sie lief weiter und hielt ihre Handtasche ganz fest.

›Eier und ein Glas Kompott‹, sagte sie zu sich selbst.

Schon am Eingang war sie wieder unschlüssig. Müssen die denn so laute Musik machen? Sie war empfindlich gegen Lärm.

»Sonderpreis für Hackfleisch und Kaffee«, teilte eine Stimme über Lautsprecher mit, dann spielte die Musik weiter.

Jemand schob ihr einen Einkaufswagen zu. Sie nahm ihn und empfand ihn wie etwas Verläßliches, auf das sie sich stützen konnte. Eine Erinnerung an früher: der stählerne Tretschlitten auf glatten Wegen.

Sie las auf den Schildern: ›Schreibwaren, Konserven,

Brot, Obst ...‹ Da stand nichts von Kompott. Und Eier –
wo lagen die? Sie fühlte, wie ihr der Schweiß im Nacken
klebte. Konnte man jemanden fragen? Alle hatten solche
Eile. Zu Hause im Gemischtwarenladen pflegten sie sich
hinzusetzen und miteinander zu sprechen.

Sie ging weiter und suchte in den Regalen. Milch –
und da gab es auch Eier. Am besten, man nahm gleich
Milch mit. Sie packte sie in den Wagen. Sie mußte nach
Kompott fragen, denn Kompott mußte sie haben. Am
liebsten gelbe Brombeeren.

Sie fragte ein Mädchen in grünem Kittel.

»Das muß hier irgendwo sein«, sagte sie und ging weiter. »Gelbe Brombeeren sind alle. Können es auch Preiselbeeren oder Erdbeeren sein?«

Signe nahm Erdbeerkompott.

Ob die Margarine reichte? Sie hatte vergessen nachzusehen. Es war doch wohl das beste, einen Würfel mit-
zunehmen. Dort bei der Milch lag die Margarine, hatte
sie gesehen. Sie holte einen Würfel. Wo aber war der
Ausgang? Sie fühlte sich eingesperrt wie in ein Laby-
rinth.

An einem Verkaufstisch wurde Kaffee in Pappbe-
chern ausgeschenkt.

»Darf ich Ihnen einen Kaffee anbieten?«

Signe wandte sich um und dachte, daß jemand anderes angesprochen wurde.

»Oh, wie schön, genau das, was ich jetzt bräuchte.«

»Es ist immer schön, zufriedene Kunden zu haben.
Wir haben heute einen Sonderpreis. Darf es fein- oder
grobgemahlener Kaffee sein?

»Grober«, sagte Signe und bekam eine Doppelpak-
kung. »Wo muß man bezahlen, und wo ist der Ausgang?
Ich finde mich nicht zurecht.«

»Da drüben links.« Das Mädchen wies nach dort.

An den Kassen standen Schlangen. Signe wartete, bis
sie dran war. Ihr war übel von der Wärme und dem
Krach. Wenn sie nur erst draußen wäre, würde es besser
werden. Sie mußte sich daran gewöhnen. Sie mußte.

›So viel Geld für so ein bißchen‹, dachte sie, als sie bezahlte. Trotzdem kam ihr der Einkaufsbeutel ziemlich schwer vor.

Draußen schien die Sonne, und es ließ sich leichter atmen. Wenn sie durch den Park ging, konnte sie sich dort ausruhen. Sie mußte den Beutel abstellen und in die andere Hand nehmen. So kam sie wieder ein Stückchen weiter. Dann würde sie sich dort auf die Bank setzen und verschnaufen. Die Müdigkeit lag ihr wie ein Druck auf der Brust. Daß ihr alles so schwerfiel? Es war schon lange her, daß sie ganz allein eingekauft hatte. John trug ihr immer die Waren im Rucksack nach Hause. Wenn John doch hätte dabei sein können! Dann hätte er alles getragen.

Sie sank auf die Bank und stellte den Beutel zu ihren Füßen ab. Nach einer Weile fühlte sie sich besser und konnte weiter zu den Reihenhäusern gehen. War das eine Sechs oder eine Vier an dem Haus, wo sie wohnte? Sie konnte sich nicht erinnern. Doch sie erkannte die Küchengardine wieder. Die war jedenfalls grün. Es mußte hier sein! Sie probierte, ob der Schlüssel paßte. Es war richtig; sie erkannte die Sachen in der Diele wieder. Per-Eriks Mantel und Monikas Jacke ... Sie hängte ihren Mantel auf und legte den Hut auf die Ablage. Den Beutel trug sie in die Küche und stellte ihn auf den Tisch. Sie würde ihn erst später auspacken. Nur nicht jetzt. Sie war so müde, ging in ihr Zimmer und legte sich auf das Bett. Die Handtasche? Wo hatte sie die gelassen? Die hatte sie doch wohl nicht vergessen? Sie vertraute sich selbst nicht mehr, stand auf und fand sie in der Diele. Sie nahm sie mit und legte sich wieder hin.

Nach einer Weile schlief sie.

Monika fuhr allein mit dem Auto nach Hause. Per-Erik mußte weg und die Firma repräsentieren. ›Sitzung‹ hatte er zu Mutti gesagt, damit sie es begreifen konnte. Dieses Wort gebrauchte er sonst nie.

Wenn Signe nicht bei ihnen gewesen wäre, wäre Monika woandershin gefahren. Vielleicht wäre sie irgendwohin baden gefahren oder hätte sich mit einer Freundin getroffen. Jetzt fühlte sie sich verpflichtet, zu der alten Frau zu fahren oder aber sie mit ins Grüne zu nehmen. Nicht gerade ein Vergnügen, dachte sie. Sie empfand es als Aufopferung.

Sie fand den Beutel mit den Lebensmitteln auf dem Tisch und wurde nachdenklich. Sie hatten vergessen zu fragen, was sie einkaufen sollten. Ein Schuldgefühl durchzuckte sie. – Aber es gab doch etwas zu essen in der Tiefkühltruhe, verteidigte sie sich. Erik müßte sich eigentlich auch dafür verantwortlich fühlen. Schließlich war es ja seine Mutter. Sie ging zu Signes Zimmer und fand sie dort auf dem Bett liegen.

»Bist du krank?« fragte sie.

»Nein, nur ein wenig müde. Ich werde jetzt aufstehen und für Per-Erik Eierkuchen backen«, sagte sie.

»Aber er ist doch gar nicht zu Hause, er kommt erst später und ißt außerhalb.«

»Ach so, war das also heute abend?«

»Aber wir werden ja etwas essen.«

»Sicher, aber seinetwegen war ich einkaufen. Er ißt so gern Eierkuchen mit Brombeerkompott.«

»Das weiß ich doch gar nicht, das hat er mir nie gesagt.«

»Hat er das nicht getan? Aber ja, er hat immer fünf Eierkuchen gegessen, wenn er aus der Schule kam.«

»Aber jetzt ist er erwachsen und versucht abzunehmen«, sagte Monika.

»Will Per-Erik abnehmen?« Signe war ganz erstaunt.

»Er hält sich jedenfalls beim Essen zurück. Hast du nicht gesehen, daß er schon einen Bauch bekommt?«

»Er ist, wie er sein soll, meine ich«, sagte die Mutter.

»Ich bin nicht besonders hungrig«, stellte Monika fest.

»Dann kochen wir nur Haferbrei«, sagte die Alte.

»Ich meinerseits trinke lieber Tee und esse ein Brot dazu«, erwiderte das Mädchen.

Jeder aß schweigend das Seinige.

»Ich habe einen lieben Sohn«, sagte Signe nachdenklich.

»Mitunter ist er gar zu lieb«, bekam sie zur Antwort, »es geht nicht an, daß man es sowohl den Chefs als auch den Arbeitern recht macht. Er müßte sich einmal entscheiden. Nicht auf zwei Stühlen sitzen.«

»Auf zwei Stühlen?« Die Alte verstand nicht.

»Es ist so wie mit uns beiden. Er muß sich entscheiden.«

»Wie meinst du das? Er kann uns doch beide gern haben.«

»Lassen wir das. Das führt zu nichts. Was machen wir jetzt?«

»Müssen wir denn unbedingt etwas machen?«

»Aber so können wir doch auch nicht herumsitzen. Können wir uns nicht etwas einfallen lassen?« Monika war ungeduldig und erhob sich vom Tisch, stellte sich ans Fenster und schaute hinaus.

»Ich weiß nicht«, sagte die Alte und war ganz durcheinander.

»Du sollst entscheiden.«

»Ich will nicht entscheiden. Das mußt du tun.«

»Typisch, und wenn es schiefgeht, bin ich daran schuld. Eine feine Art, sich der Verantwortung zu entziehen. Erik ist genauso.«

»Das ist doch wohl nicht so verwunderlich, daß er wie seine Mutter ist«, sagte die Mutter leise.

Das Mädchen drehte sich rasch um und wollte etwas sagen, änderte aber ihre Absicht und schwieg statt dessen. Mit festen Schritten ging sie ins Bad und wusch sich das Haar. Sie fühlte sich schmutzig.

Nach einer Weile kam sie in die Küche zurück, ein Frotteehandtuch um den Kopf gewickelt.

Die Alte saß noch immer genauso auf ihrem Stuhl.

›Wenn sie bloß nicht so hilflos aussähe!‹ dachte Monika. ›Ob man wohl auch so wird?‹ Ob sie wohl selbst genauso würde? Das schien noch in weiter Ferne zu liegen.

»Ich müßte mir eigentlich auch das Haar waschen«, sagte Signe.

»Kannst du das allein tun?« fragte sie.

»Ich denke doch«, sagte sie zögernd.

»Es ist zu lang, es müßte geschnitten werden«, meinte Monika.

»Das mag sein, aber deins ist ja noch länger.«

»Aber ich bin doch auch jung. Alte Leute sollten kurzes Haar tragen, das sich leicht pflegen läßt.«

»Ja, es ist ein Unterschied zwischen alt und jung. Es ist nicht nur das Haar. Ich habe fast schon vergessen, wie es gewesen ist, jung zu sein.«

Monika holte eine Schere und kürzte der Alten das Haar.

»John hat mir früher immer die Haare geschnitten, auf dem Lande hat man es nicht so genau genommen. Er war wirklich tüchtig. Er hat sie auch dem Nachbarn geschnitten.«

»Denkst du immer an John?«

»Ja, fast immer. Er fehlt mir sehr, aber ich habe ja noch Per-Erik.«

»Ja, so ist es«, sagte Monika und kehrte die Haarbüschel zusammen.

»Es ist wohl das beste, daß ich dir mit dem Haar helfe, da wird das gleich erledigt«, sagte sie.

»Vielen Dank, das ist lieb.«

›Wenn sie nur nicht so dankbar und gefügig wäre‹, dachte Monika, ›man schämt sich ja, statt wie bei Gleichaltrigen böse zu werden, wenn etwas schiefgeht.‹ Sie nahm Signe mit ins Bad und holte ein sauberes Handtuch.

Signe stand über die Badewanne gebeugt, während Monika sie mit der Handbrause duschte und ihr das Haar einseifte und spülte.

Obwohl ihr der Schaum in den Augen brannte, klagte sie nicht. Ihr wurde ja geholfen, und sie war dankbar dafür.

»Ich nehme meine Wickler und drehe dir das Haar ein, damit du richtig hübsch aussiehst«, sagte Monika und rieb ihr den Kopf mit dem Handtuch ab.

»Da braucht ihr euch meinetwegen nicht zu schämen, wenn wir wegfahren. Wie ich ausgesehen habe!« Die

Alte bereute ihre Worte sogleich. Sie hatte Angst, etwas Verkehrtes zu sagen und zu tun.

Monika hielt mit dem Trockenreiben inne.

»Was sagst du, haben wir uns deinetwegen geschämt?«

»Nein, nicht gerade geschämt, aber wie ich ausgesehen habe, als ich kam. Es war lieb von dir, daß du mir auch bei den neuen Kleidern geholfen hast.«

»Du hast es doch wohl nicht nötig, so herumzulaufen.«

»Das nicht. Das ist lieb.«

Monika rollte die nassen Strähnen ein und trocknete sie mit ihrem Fön, danach kämmte sie das Haar aus, das weich wie graue Seide um das Gesicht der alten Frau fiel.

»Oh, wie schön! Wie du das kannst! Man erkennt sich fast selbst nicht wieder.« Sie ergriff ihre Hand und bedankte sich.

›So, dieser Abend ist gelaufen‹, dachte Monika und schaute auf die Uhr. ›Sie geht ja immer zeitig schlafen.‹ – Selbst hatte sie nicht die Absicht, zu Bett zu gehen. Sobald die alte Frau sich schlafen gelegt hatte, würde sie noch ein Stückchen mit dem Auto wegfahren. Jetzt konnte sie ohne schlechtes Gewissen fahren. Sie war nett gewesen, und ihre Laune hatte sich gebessert.

Signe lag vorsichtig mit dem Kopf auf dem Kissen, um die Frisur nicht zu zerstören. Sie konnte nicht einschlafen.

Ein Knacken der Tür und das Geräusch eines Autos draußen. Vielleicht war Per-Erik nach Hause gekommen? Sie lauschte. Wie leise die waren.

Sie lag früher zu dieser Zeit immer wach und wartete auf den Sohn, als er noch zu Hause wohnte. Mitunter war sie aufgestanden und hatte ihm Milchkakao gekocht und Brote gemacht. Sie hatten zusammengesessen und sich mitten in der Nacht unterhalten. Er hatte sich ihr anvertraut, und sie hatte sich dabei glücklich gefühlt. Sie lag und wartete, daß er so wie früher zu ihr hereinkommen würde. All die Jahre dazwischen waren wie ausgewischt. Schließlich stand sie auf und öffnete die Tür einen Spalt weit. Niemand war zu sehen. Sie ging in die Küche, ins Wohn- und ins Schlafzimmer. Er war nirgends, auch Monika war nicht da. Das Haus kam ihr so leer und öde vor – eine größere Einsamkeit als in einer kleinen Hütte, wo die Wände so nahe waren und die Möbel so dicht beieinander standen.

»Die leben ihr Leben«, sagte sie zu sich selbst, »ich muß verstehen.«

Sie ging in ihr Zimmer zurück und schloß die Tür.

13

Der Freitag kam ihr lang vor. Signe buk Eierkuchen und wartete, daß die jungen Leute nach Hause kämen. Sie meinte, daß man Eierkuchen an jedem beliebigen Wochentag essen könnte. Die Küche war voller Qualm, als sie kamen. Monika schaltete sogleich den Küchenventilator ein.

»Hier ist der Knopf«, sagte sie.

»Es ist nicht so leicht für Mutti, zu wissen, wie eine moderne Küche funktioniert«, entschuldigte sie der Sohn.

»Du ißt doch gern Eierkuchen«, sagte die Mutter.

»Ja. Ja doch.«

Sie wollte sie ihm auf den Teller legen.

»Ich nehme mir selbst«, sagte er und nahm einen Eierkuchen.

»Sind sie nicht gut?«

»Aber ja doch.«

»Dann nimm mehr«, nötigte sie ihn.

»Danke, es ist gut, es reicht.«

»Aber früher hast du doch so viele gegessen.«

»Das war früher. Man ändert sich, und die Gewohnheiten werden anders«, sagte er.

Monika saß die ganze Zeit über schweigsam dabei und schaute auf ihren Teller.

14

Es war Samstagmorgen, und sie saßen zusammen am Frühstückstisch.

»Jetzt müssen wir uns entscheiden«, sagte Monika, »fahren wir aufs Land oder nicht?«

»Das hängt von Mutti ab«, meinte der Sohn.

»Von mir?« Die Alte wirkte ängstlich.

»Ja, denkst du, daß du es schaffst mitzukommen?«

»Das ist doch selbstverständlich, daß sie es schafft«, sagte Monika, »sie braucht doch nur im Auto zu sitzen und sich fahren zu lassen, und sie kann sich dort hinlegen, wenn sie will.«

»Werden wir dort übernachten?« fragte die Mutter unschlüssig.

»Das ist kein Problem, hat Kickan mir am Telefon gesagt. Sie haben vier Schlafplätze im Boot, wo sie immer die Gäste unterbringen.«

Mutter und Sohn sahen sich hilfesuchend an – wie: entscheide du, dann brauche ich es nicht zu tun.

»Ich fahre jedenfalls«, sagte Monika nach einigem Schweigen.

»Wir können Mutti doch nicht allein lassen«, erwiderte der Sohn.

»Fahrt nur!« meinte die Mutter.

»Tantchen kommt mit«, sagte das Mädchen, und damit war es entschieden.

Signe packte ihr Nachthemd, den Morgenrock und die Toilettenartikel in einen Plastebeutel. Damit war sie reisefertig.

Per-Erik legte Flaschen in eine Kühltasche, und Monika ordnete die Badesachen.

»Wir müssen unterwegs etwas einkaufen. Man kann nicht ohne etwas Eßbares in ein Sommerhäuschen kommen, selbst wenn man eingeladen ist. Eine Kleinigkeit zum Knabbern zu den Getränken oder etwas Ähnliches.«

Sie fuhren an dem Selbstbedienungsgeschäft vorbei, und das Mädchen eilte hinein und kaufte ein.

Per-Erik und Signe blieben im Auto sitzen und warteten.

»Wenn ich euch nur nicht zur Last werde!« sagte sie.

»Nein, warum solltest du?«

»Es ist schön, mal aufs Land hinauszukommen«, meinte sie.

»Ja, man braucht Entspannung.«

Monika kam mit einem Beutel in jeder Hand.

»Es war wie gewöhnlich eine Schlange an der Kasse. Wir müssen uns beeilen, sonst haben wir auch auf den Straßen Schlangen«, sagte sie.

Sie fuhren durch die Stadt, durch Hochhausgebiete und Villenviertel, bis sie an eine kleinere Straße kamen, die zur Küste führte. Erholungsgebiete und Parkplätze. Sommerhäuschen dicht nebeneinander und ein breiterer Weg zu einem Bootssteg. Das war also das Land. Keineswegs so, wie Signe es sich vorgestellt hatte.

Kickans und Olles Haus war aus braunem Holz und hatte eine Terrasse, von wo aus man das Meer zwischen den anderen Häusern schimmern sehen konnte. Auf der Terrasse standen eine Hollywoodschaukel und Gartenmöbel aus spanischem Rohr. Daneben stand ein Grill. Das Grundstück war felsig. Zwischen Steinen gab es grüne Flecken und eine dünne Schicht Mutterboden mit zartem Grün.

Kickan und Olle waren im gleichen Alter wie Monika. Sie kamen heraus und hießen sie willkommen.

»Fein, daß ihr gekommen seid, das ist wirklich schön!«

»Tantchen kann sich in der Hollywoodschaukel ausruhen«, sagte Kickan. »wenn sie sich müde fühlt. Monika und ich gehen zum Strand und baden.«

Per-Erik und Olle gingen um das Sommerhäuschen herum und inspizierten es.

»Das war eine ganz alte Bude, als wir es gekauft haben«, erklärte er. »Ich habe es renoviert und frisch gestrichen und Wasser und Abfluß gelegt. Junge, wie ich geschuftet habe! Keine freie Minute, mußt du wissen.«

»Da wird nicht viel mit Ausruhen«, antwortete Per-Erik.

»Nein, man ist auf Arbeit so auf Touren, und dann geht es weiter. Ich kann nun einmal nicht stillsitzen. Den ganzen Frühling und Sommer über habe ich hieran gearbeitet. Jede freie Minute habe ich dafür geopfert.«

»Und das Boot – hast du überhaupt Zeit, um damit mal hinauszufahren?«

»Nicht viel. Wir sind ein paarmal zu einer kleinen Felseninsel gefahren und haben da gebadet. Das ist alles.«

»Aber jetzt ist es jedenfalls fertig«, sagte Per-Erik.

»Es wird nie fertig«, sagte Olle. »Ein Sommerhaus wird nie fertig, das weißt du doch.«

»Das klingt ja hoffnungslos.«

»Vielleicht.« Olle lachte unsicher. »Der Nachbar baut einen Gartengrill, und schon will Kickan auch einen haben. Ein anderer richtet eine Fahnenstange auf, und dann denkt man: ›Das wäre gar nicht so schlecht mit einer Fahne.‹ Dort auf der Klippe hätten wir unsere gern.«

»Muß man es denn so haben wie alle anderen?«

»Man muß nicht, aber es wird oft so.«

»Wie ein Wettbewerb«, sagte Per-Erik, »immer der Beste sein.«

»Wir gehen jetzt rein und nehmen einen Drink und löschen den Durst«, meinte Olle.

Signe saß allein und verlassen draußen in der Hollywoodschaukel und schaute über das Gelände. Das war ja fast wie in der Stadt. Sie hob einen kleinen grauen Stein auf. Sie saß da und hielt ihn in der Hand. Er fühlte sich rauh an, und darinnen war ein helleres Muster einer anderen Gesteinsart. Sie liebte Steine. Wenn sie ganz genau hinschaute, entdeckte sie kleine glänzende Tüpfelchen in dem Grau. Sie steckte den Stein in die Tasche. Den würde sie als Andenken aufheben.

Olle kam mit einem Tablett und Gläsern und einem Krug, in dem sich etwas befand, das wie Saft aussah.

»Möchten Sie Sangria haben?« Er goß ein, ehe sie geantwortet hatte. Es sah gut aus mit den Zitronenscheiben, die darin schwammen. Das war erfrischend, und sie trank gierig.

»Trink nicht so hastig«, sagte Per-Erik.

Sie reichte das Glas zum Nachfüllen hin. Per-Erik nahm es, ging in die Küche und kam mit gewöhnlichem Apfelsinensaft zurück.

»Wir müssen ein bißchen auf Mutti aufpassen«, sagte er, zu Olle gewandt. »Sie ist das nicht gewohnt, du verstehst.«

Er holte ein Kissen und gab es ihr.

»Ruhe dich ein Weilchen aus, wenn du dich müde fühlst. Olle und ich gehen zum Landesteg hinunter und sehen nach dem Boot.«

»Muß ich zuschließen?«

»Nein, hier nicht.«

Signe legte sich das Kissen zurecht und streckte sich auf der Hollywoodschaukel aus. Die schwang sacht, und sie fühlte sich ein wenig schwindlig im Kopf.

›Wie, als ich klein war und gewiegt wurde‹, dachte sie.

Sie schlief ein, und als sie aufwachte, fröstelte ihr, was davon kam, daß sie im Schatten lag.

›Wie lange die wegbleiben‹, dachte sie.

Ob sie es wagen sollte, in die Küche zu gehen und sich ein Brot zu nehmen? Sie fühlte sich hungrig, und die hatten doch etwas zu essen mitgenommen. In der Küche war eine große Unordnung. Der Abwasch türmte sich auf der Spüle, und die Beutel waren nur halb ausgepackt.

Kartoffelchips, Käsegebäck, Salzstangen; sie drehte und wendete all die Packungen, wußte nicht, wie das schmeckte. Sie öffnete den Kühlschrank und fand Milch, Butter und ein Stück Wurst nebst vielen anderen Dingen. In der Speisekammer war Brot. Sie machte sich ein Brot, schnitt ein Stück Wurst ab und trank Milch dazu.

Sie stand am Fenster, als sie Monika und Kickan erblickte, die die Klippen heraufgelaufen kamen.

»Oh, wie herrlich das war und wie wir gebadet haben!« Die nassen Haare hingen ihnen über die Schultern.

»Wo sind die Jungen?«

»Die sind zum Landesteg gegangen und wollten nach dem Boot sehen«, sagte Signe.

Kickan setzte Kartoffeln auf.

»Jetzt werden wir ordentlich essen«, sagte sie, »dann können wir am Abend im Freien Wurst grillen, wenn wir Hunger bekommen.«

»Soll ich helfen?« fragte Signe.

»Wir decken drinnen, aber das macht Monika.«

»Klar. Ich habe Pappteller mitgebracht. Ich habe an den Abwasch gedacht, denn hier hast du doch sicher keine Geschirrspülmaschine?«

Sie machten alles gemeinsam und unterhielten sich dabei, und Signe stand unschlüssig daneben.

»Ich kann abwaschen«, sagte sie.

»Wunderbar, da setze ich Abwaschwasser auf und rufe, wenn es soweit ist.«

»Rufe?«

»Ja, falls Sie nach draußen gehen wollen.«

Sie hatte nicht die Absicht gehabt, nach draußen zu gehen, tat es aber doch.

»Man ist immer nur im Wege«, murmelte sie, »aber es ist doch klar, die wollen decken und es auf ihre Art tun.«

Eine Weile später hörte sie eine Stimme: »Es ist soweit!«

Sie krempelte die Ärmel hoch und suchte eine Schürze. Es gab keine. Sie stopfte ein gewöhnliches Küchenhandtuch unter den Gürtel und schützte sich auf diese Art.

»Es macht nichts, wenn Sie etwas kaputt machen. Wir kaufen Neues.«

»Macht das nichts?«

»Nein, das ist nur billiges Geschirr.«

Sie wusch ab und stellte alles vorsichtig ins Trockengestell. Sie ging sehr behutsam damit um, obwohl sie das gar nicht brauchte. Sie konnte es nicht begreifen, daß man etwas wegwarf und dafür Neues kaufte. Sie stellte Verschiedenes auf seinen Platz und warf die Flaschenverschlüsse in den Abfallbeutel. Zuallerletzt nahm sie ein Stück Haushaltpapier und polierte damit die Spüle. Sie fühlte sich fast wie zu Hause, wenn sie den Abwaschlappen auswrang.

Sie saßen am Eßtisch. Auf dem standen viele gute Dinge, auch Flaschen.

»Nichts Starkes für Mutti«, sagte der Sohn und stülpte ihr Gläschen um.

Die anderen nahmen Hering und Kartoffeln auf die Gabel und sangen. Als ob sie das nicht kannte?

John trank ab und zu ein Schnäpschen zum Essen, obwohl das selten geschah. Er hatte nie etwas getrunken, wenn der Sohn dabei war. Der Junge sollte davor bewahrt werden. Das hatte er nicht von zu Hause. Es war das erste Mal, daß Signe ihren Sohn Schnaps trinken sah. Eine innere Unruhe überfiel sie.

Olle goß sich noch ein Glas ein.

»Jetzt geht's los«, sagte er und hob sein Glas.

»Du trinkst doch wohl nicht zuviel?« Die Mutter schaute besorgt zum Sohn.

»Sind Sie gläubig?« fragte Kickan.

»Nicht unbedingt, doch ich glaube an das Gute und daß es das gibt«, sagte die Alte.

»Etwas können Sie doch wohl trinken?«

»Nur ein wenig, damit ich mich nicht ausschließe.«

»Ja, zum Wohl!«

Sie aßen und tranken, lachten und sangen.

»Vielleicht legen wir, ehe wir geistig wegtreten, erst einmal fest, wo wir schlafen werden«, lachte Kickan.

»Mutti kann nicht im Boot schlafen«, sagte Per-Erik. »Da unten am Landesteg ist nie Ruhe.«

»Mag sein.«

»Dann schlafen wir im Boot. Da ist doch Platz für vier, und wir nehmen etwas zu trinken mit«, sagte Olle.

»Wir können Mutti doch nicht allein im Haus lassen«, erwiderte der Sohn.

Alle außer Signe lachten.

»Eine einzige Nacht – mit Leuten in jedem Haus hier – jetzt wirst du aber albern, mein Lieber.«

»Sie schläft in meinem Bett«, sagte Kickan und brachte Signes Plastebeutel ins Schlafzimmer.

»Ein eigenes Zimmer mit Radio, das ist doch nicht schlecht!«

Kickan kochte Kaffee, und das, was davon übrigblieb, nachdem sie davon getrunken hatten, goß sie in einen Thermoskrug.

»Sie können das haben und trinken, wenn Sie möchten.«

»Danke, das ist nett. Ich räume auf und wasche ab, ich habe doch nichts anderes zu tun«, sagte Signe.

»Da gehen wir los«, meinte Olle zu den anderen und nahm die Kühltasche mit.

Signe räumte alles weg. Sie kehrte die Krümel unter dem Tisch auf, knickte die Papierteller zusammen und tat sie in den Abfallbeutel. Der war bis obenhin voll. Die Gläser und Tassen wusch sie ab. Die Speisereste legte sie alle zusammen auf eine Platte. Signe war ganz in Gedanken – ich hätte nicht mitkommen sollen.

Sie setzte sich ans Fenster wie in Solgården. Nur ein anderes Fenster und eine andere Aussicht – doch sie war genauso allein.

Die Sonne ging unter und breitete einen rosa Glanz über die Häuser. Bei dem einen Nachbarn wurde gefeiert und bei dem anderen auch. Es war Samstagabend, da mußte gefeiert werden. Das gehörte dazu. Aus einem Transistorradio ertönte Musik, und einige tanzten.

Wo waren alle die Alten?

Auf dem Tisch lag eine Streichholzschachtel. Darauf stand: ›Der Erlös kommt Kindern und Alten zugute.‹ Kinder und Alte. Kinder müssen betreut werden. Von den Alten konnten sie weglaufen. Sie müßte eigentlich dankbar sein, daß sie mitkommen durfte. Sie fühlte sich als Außenstehende, obwohl sie doch freundlich waren.

Sie nahm eine Tasse Kaffee aus dem Thermoskrug und legte sich dann in ein fremdes Bett.

15

Am Sonntagmorgen zog sie sich zeitig an, ging nach draußen und setzte sich in die Hollywoodschaukel. Es war so ungewöhnlich still in den Häusern ringsumher.

Nur einige Kinder spielten im Freien. Die meisten schliefen noch, nachdem es gestern so spät geworden war.

Signe dachte an Hanna; ob jemand sie wohl aus Solgården geholt hatte. Ob sie wohl hatte herauskommen können und etwas anderes sehen konnte oder ob sie noch dort saß und wartete. – Eine Woche reicht – hatte sie gesagt –, dann ist man froh, daß man zurückkommen darf, und ist dankbar, daß man dort betreut wird.

Eine Woche, heute war es eine Woche her, daß Per-Erik Signe geholt hatte. Das schien ihr schon so lange zurückzuliegen.

Sie hatte nicht mehr nach dem Schaukelstuhl und der Brauttruhe gefragt. Wie gut, daß sie nicht alles mitgenommen hatte. Sie hatte auch nicht mehr von ihrer Rückreise gesprochen. Die würden vielleicht denken, daß sie undankbar war. Sie wußte es nicht. Sie war nicht daran schuld, daß manches falsch aufgefaßt wurde. Es war schwer für sie, Geborgenheit zu finden. Nicht einmal Per-Erik konnte ihr die geben, obwohl er es versuchte.

Jetzt ging es ihr gut – gerade jetzt –, und dennoch verspürte sie eine dumpfe Angst.

Die jungen Leute kamen langsam auf das Sommerhäuschen zu gelaufen.

»Heute hat man einen ganz hübschen Brummschädel«, sagte Olle, ging zum Kühlschrank und trank Milch.

»Es ist gestern abend spät geworden«, sagte der Sohn zur Mutter.

Die Mädchen trugen draußen auf dem Gartentisch Eier und Dickmilch auf.

»Nach dem Frühstück könnten wir doch eine Fahrt mit dem Boot machen«, schlug Olle vor.

»Denkst du, daß Mutti mitfahren kann?« fragte Per-Erik.

»Du behandelst deine Mutter wie einen Säugling. Aber natürlich kann sie das. Wir helfen ihr an Bord.«

»Sie ist aber noch nie Boot gefahren, mußt du wissen.«

»Da wird es ja wirklich allmählich Zeit, daß sie es ausprobiert.«

Signe saß schweigsam dabei. Die sollten nur entscheiden.

Ein Korb mit Erfrischungsgetränken, Thermoskrug, Kuchenbrötchen und Obst. Ein zweiter Korb mit Badesachen. Haben wir auch nichts vergessen? Eine Decke zum Draufsetzen, falls wir an Land gehen. Dann gingen sie zum Landesteg. Mutter und Sohn gingen als letzte.

Die Boote lagen dicht gedrängt, und viele Leute waren auf den Beinen. Olle hatte schon die Vertäuung gelöst, und die Mädchen hatten ganz hinten auf einer mit Leder überzogenen Bank Platz genommen. Signe betrachtete ängstlich die Entfernung zwischen Boot und Steg. Sollte sie den Schritt wagen?

»Ich fange Sie auf«, sagte Olle, als er ihre Unschlüssigkeit sah. Er holte das Boot so nahe wie möglich heran. Per-Erik stützte sie unter den Armen.

»Das geht schon gut, Mutti«, sagte er mehrmals, um sie zu überzeugen.

Sie tat den Schritt und fühlte, wie es ihr vor den Augen schwindelte. Starke Arme ergriffen sie und geleiteten sie auf die Bank zu den Mädchen. Vorn saßen die Jungen auf einem lederbezogenen Sitz hinter einer Windschutzscheibe. Ein Steuerrad wie in einem Auto und vorn eine Kajüte, so groß wie ein kleines Zimmer.

Hätte doch John dabeisein und das erleben können! Das hier war etwas anderes als ihr kleiner Kahn. Natürlich hatte sie es gut, daß sie mitfahren durfte!

Sie verspürte den Seewind im Gesicht und hielt den Hut fest, damit er nicht weggeweht würde. Eine Vibration verbreitete sich von den Füßen über die Beine.

»Gefällt es dir, Mutti?« Der Sohn wandte sich um und schrie gegen den Motorlärm an.

»Ja.«

Das Meer glänzte im Sonnenschein. Kleine Inseln und Klippen glitten vorüber. Sie begegneten Booten, und die Leute winkten einander zu, obwohl sie sich nicht kannten. Zum ersten Mal sah sie, wie Himmel und Meer ineinander übergingen. Etwas Gewaltiges. Sie steuerten auf eine Schäre zu und legten an einer Felsplatte an.

»Hier baden wir immer und sonnen uns auf den Klippen«, sagte Olle.

Sie blieb im Boot sitzen, während die andern an Land gingen. Für sie war es unmöglich, den großen Sprung auf die Felsplatte zu tun. Sie sah, wie die jungen Leute ins Wasser sprangen und hinausschwammen. Wie sie dann auf den Klippen lagen und sich sonnten. Junge Körper voller Kraft. Wußten sie das zu schätzen? Oder betrachteten sie das als selbstverständlich? Sie selbst hatte es erst jetzt begriffen, jetzt, wo sie fast alles verloren hatte. Erst jetzt verstand sie, was sie gehabt hatte.

Sie wandte das Gesicht der Sonne zu und schloß die Augen. Ein roter Schimmer durch die Lider und Wärme im Gesicht. Alle Sorgen waren wie vertrieben. Sie hörte das Tosen der Wogen an der Felsplatte. Für sie lag darin ein Stück Ewigkeit.

Olle kam über die Reling geklettert, um den Korb mit dem Kaffee zu holen.

»Wenn Sie müde sind, können Sie sich dort drinnen hinlegen.« Er zeigte dabei auf die Kajüte.

»Danke, es ist gut so.«

Sie brachte es nicht übers Herz, die Zeit zu verschlafen, sie wollte alles in jeder Einzelheit miterleben.

»Aber ein Schluck Kaffee würde doch sicher schmekken?« Er deckte für sie auf der Bank, goß eine Tasse Kaffee ein und legte ein Zimthörnchen daneben. Dann machte er ein Erfrischungsgetränk auf und reichte ihr einen Pappbecher.

»Falls Sie Durst bekommen«, sagte er, und dann nahm er den Korb mit und ging zu den anderen.

Sie hörte, wie sie miteinander sprachen und lachten, fühlte sich aber nicht mehr so ausgeschlossen wie zuvor. Sie war nur dankbar dafür, daß sie mit dabei sein durfte, auch wenn sie nicht im Mittelpunkt stand. Die lebten ihr Leben, und sie hatte ihres. So einfach war das. Daß sie das nicht begriffen hatte? Die Wahrheit wurde ihr nicht mehr wie ein Schmerz bewußt.

Sie sah, wie sie wieder ins Wasser sprangen und danach die Klippen emporstiegen und wie Silhouetten gegen die Sonne standen.

Die Bootsfahrt tat Signe gut. Alles Unbedeutende und Nichtige trat in den Hintergrund, und sie fühlte sich geläutert. Plötzlich verstand sie, was Per-Erik meinte, als er gesagt hatte, daß er sich wie gewaschen fühlte nach einer Wanderung im Gebirge. Das mußte so sein, wie er es empfand.

Die jungen Leute kamen über den Bootsrand geklettert. Sie hatten genug von der Sonne und vom Baden und wollten nach Hause, um zu essen. Signe machte sich keine Sorgen darüber, wie sie aus dem Boot auf den Landesteg kommen sollte. Sie wußte, daß man ihr helfen würde.

»Nicht so schnell«, bat sie, denn sie wollte, daß die Fahrt lange dauern sollte.

Olle machte extra eine Runde in der Bucht, damit die alte Frau etwas sehen konnte.

Die Mädchen sprangen schnell aus dem Boot.

»Wir gehen voraus und machen das Essen«, sagten sie.

Als Signe wieder auf dem Landesteg stand, kam es ihr vor, als ob es unter den Füßen leicht schwankte. Das war ein seltsames und ungewohntes Gefühl, und sie sagte es dem Sohn. Er hakte sie unter, und sie gingen den Weg zum Häuschen hinauf.

Kickan und Monika saßen draußen und steckten Fleisch auf Grillspieße.

»Wenn Olle kommt, kann er den Grill anmachen, und du, Erik, kannst den Tisch decken. Wir essen hier draußen.«

Signe schaute zu. Grillspieße – sie hatte in einer Wochenzeitschrift über so etwas gelesen. Sie hatte aber noch nie gesehen, wie man so etwas macht.

»Soll ich Kartoffeln kochen?« fragte sie.

»Nein, wir essen Salat und geröstetes Brot dazu.«

»Ich könnte Bauernfrühstück aus den Restern von gestern machen«, sagte sie. »Es wäre schade, wenn es verdirbt.«

»Laßt sie«, bat Per-Erik, der die Eßgewohnheiten bei sich zu Hause kannte.

»Natürlich, wenn Sie möchten, dann …«

Sie band sich ein Handtuch vor und holte die Platte mit den Speiseresten aus dem Kühlschrank. So viele gute Dinge für Bauernfrühstück oder für Labskaus, dachte sie und schnitt die Kartoffeln und die Fleischreste in kleine Stückchen. Sie schaute sich die Pfeile zu den einzelnen Kochplatten genau an und fühlte leicht mit den Fingerspitzen, ob die richtige Platte warm wurde. Zwiebeln konnte sie nicht finden, und fragen wollte sie nicht. Eine Stange Porree war im Gemüsefach. Porree – das mußte genausogut gehen, überlegte sie und schnitt ihn in kleine Ringe, die sie leicht in Butter bräunte. Danach tat sie die ins Bauernfrühstück. Es roch gut. Rote Bete gab es nicht. Es mußte auch so gehen. Die Angst, etwas falsch zu machen, war geschwunden. Sie machte es so, wie sie es gewohnt war, und die jungen Leute taten es auf ihre Weise.

»Die Platte nicht vergessen«, sagte sie mehrmals zu sich selbst. Sie schaltete sie aus und ließ die Pfanne auf der heißen Platte stehen.

Olle hatte den Grill angemacht, und sie saßen darum herum, und jeder drehte seinen Spieß.

»Ist es nicht eine Sünde, richtiges Essen zu verbrennen?« fragte Signe.

»Wir grillen doch.«

»Das ist doch aber das gleiche«, sagte Signe.

Sie holte die Bratpfanne und stellte sie mitten auf den Tisch.

»Das sieht aber gut aus«, sagte Olle und nahm sich davon.

»Das ist gut. Mutti hat es schon immer verstanden, aus fast nichts ein gutes Essen zu machen«, ließ sich der Sohn stolz vernehmen.

»Man hat es nicht immer so reichlich gehabt«, sagte die Alte.

»Und das nennen Sie dann die gute alte Zeit.« Olle lachte.

»Die war nicht immer so gut. Man führte ein hartes Leben und mußte vieles entbehren, aber wir hatten etwas, was ihr jungen Leute nicht habt.«

»Was denn?«

»Wir hatten Zeit füreinander. Zeit war nicht Geld wie heutzutage.«

Signe hatte Angst, daß sie zuviel gesagt hätte, denn es folgte ein langes Schweigen.

»Wir sollten vielleicht nach Hause fahren, ehe die Schlangen zu lang werden«, sagte Per-Erik schließlich.

Sie verbrannten ihre Pappteller, und das Feuer flammte ein letztes Mal auf.

»Ich habe eine Menge Arbeit, die liegengeblieben ist«, sagte Per-Erik mit einem Seufzer.

»Denke nicht daran, wo es jetzt so schön ist«, erwiderte Monika. »Fahrt ihr übrigens im September mit nach Rhodos?«

»Das können wir uns nicht leisten«, Olle und Kickan waren sich einig, »es kostet soviel mit Boot und Sommerhaus.«

»Nur eine Woche?«

»Nein, es geht nicht, man muß sich entscheiden, wie auch sonst im Leben. Und wir haben uns hierfür entschieden.«

»Fährst du mit, Erik?«

»Nein, ich glaube nicht.«

Dann wurde es wieder still.

Signe war sehr müde und wollte am liebsten nach Hause – zu dem Reihenhaus und in ihr Bett. Sie kämpfte gegen die Müdigkeit an und verspürte eine warme Röte auf den Wangen.

»Jetzt könnten wir aber fahren.« Sie stand auf und holte die Handtasche und den Plastebeutel. Niemand sollte auf sie warten müssen.

Die anderen saßen noch am Grill, ein wenig müde nach dem Essen.

»Ihr habt doch wohl keine Eile«, meinte Kickan.

Monika ging hinein, setzte sich ans Fenster und kämmte ihr langes Haar. Dann holte sie eine kleine Kosmetiktasche hervor, färbte die Wimpern und malte sich die Lippen an. Sie gähnte.

Signe reichte allen die Hand und bedankte sich, daß sie mitkommen durfte und den Sommer genießen konnte.

»Das war doch so wenig, was wir tun konnten.«

»Für mich war es viel. Allein das Meer! Tausend Dank!«

Der Abschied zog sich in die Länge, wie so oft, wenn man gemeinsam eine schöne Zeit verbracht hat.

»Nächstes Wochenende kommt die Verwandtschaft. Die wollen doch sehen, wie es uns geht. Es ist immer ein tüchtiger Betrieb an den Wochenenden«, sagte Kickan.

»Tschüß und vielen Dank! Wir lassen von uns hören.«

Signe saß auf dem Rücksitz und duselte vor sich hin.

»Wir sollten uns auch ein Sommerhäuschen kaufen, damit man weiß, wo man an den Wochenenden hin soll«, sagte Monika.

»Ich will aber kein Sommerhaus«, erwiderte Per-Erik.

»Warum denn nicht?«

»Nein, ich habe zwei linke Hände. Ich könnte nie tischlern und alles in Ordnung halten wie Olle.«

»Man kann aber auch eins kaufen, das schon fertig ist.«

»Du hast doch wohl gehört, was Olle gesagt hat, daß sie nie fertig werden.«

»Das habe ich nicht gehört.«

»Außerdem muß ich das Reihenhaus abzahlen.«

»Man kann ja auch ein Darlehn aufnehmen.«

»Ich möchte nicht nachts wegen Geldproblemen wachliegen. Das Darlehn muß abgezahlt werden, und weiter reicht das Geld nicht.«

»Und wie wäre es mit einem Boot?«

»Das ist nur ein Statussymbol.«

»So darfst du nicht reden. Sage lieber ehrlich, daß du keins haben willst. Du hast Angst vor der damit verbundenen Arbeit.«

»Ja, davor habe ich Angst. Kannst du dir nicht denken,

daß ich gesehen habe, wie die sich abrackern, um im Herbst die Boote aus dem Wasser herauszuholen! Das ist eine kurze Freude, nur für den Sommer.«

»Du hast keine Interessen«, sagte sie verärgert.

»Die habe ich schon.«

»Die Arbeit, ja – aber sonst nichts.«

Der Ton zwischen den beiden war gereizt.

Er begegnete dem Blick der Mutter im Rückspiegel.

»Du paßt vielleicht besser zu jemand anderem – jemandem von deinem Alter – mit Interessen«, sagte er leise, zu dem Mädchen gewandt.

»Vielleicht.«

»Ich denke, das besprechen wir heute abend unter vier Augen und entscheiden es dann.«

»Meinst du, daß wir unsere Abmachung aufkündigen sollen? Es klingt, als ob du von Geschäften und nicht über Gefühle sprichst.«

»Ich spreche über Gefühle«, sagte er. »Man zieht doch nicht zusammen, wenn man sich nicht gern hat?«

»Das kann man schon.«

»Aus welchem Grund denn, wenn ich fragen darf?«

»Um der Einsamkeit zu entgehen.«

»Nur deshalb?«

»Nicht nur«, sagte sie.

»Ihr habt euch doch wohl nicht zerstritten?« fragte Signe beunruhigt.

»Nein, wir entzweien uns nicht, auch wenn jeder seinen eigenen Weg geht«, antwortete Monika.

»Das ist komisch heutzutage«, sagte Signe nachdenklich. »Früher hielt man zusammen und wenn es auch nur wegen der Kinder war. Jetzt läuft jeder woandershin, etwa so wie damals, als ich Kind war, und wir ›Bäumchen wechsle dich‹ spielten.«

»Du bist aber komisch!« erwiderte Monika.

»Sie meint das ernst«, sagte der Sohn.

»Ja, unsereiner ist altmodisch. Ich dachte, ihr habt euch gern.«

»Das haben wir ja auch. Ich habe Erik sehr gern.«

»Natürlich haben wir uns gern, aber das hindert doch

nicht, daß wir in manchen Dingen verschiedener Meinung sind und die auch sagen«, äußerte der Sohn.

»Mir wurde richtig angst«, sagte die Mutter.

»Wir kommen schon zurecht, du brauchst dir keine Sorgen zu machen, Tantchen.«

Nein. Sie sollte sich keine Sorgen machen. Trotzdem lag sie am Abend wach und dachte an die beiden, ehe sie einschlief. Sie glaubte, ein leises Gespräch im Schlafzimmer nebenan zu hören. Vielleicht war sie ihnen doch im Wege. Sie würde schon morgen mit den beiden über die Rückreise nach Solgården sprechen.

Als sie am Morgen wach wurde, war das Haus leer. Sie waren schon zur Arbeit gefahren, und sie hatte sie nicht gehört. Sonst hörte sie immer das Rauschen der Dusche im Bad und nahm den Geruch von geröstetem Brot wahr.

Sie schaute auf Johns Uhr. Schon neun durch. So ein sorgenfreies Leben! Schlafen dürfen, solange man wollte. Wie ein Kind ohne Verantwortung.

Auf dem Tisch lag ein Zettel. Sie las: ›Tantchen, Du brauchst nicht einkaufen zu gehen. Das machen wir. Es kann sein, daß wir erst spät kommen. Nimm Dir etwas zu essen aus dem Tiefkühlschrank. Monika.‹

Da stand nichts von ›drücken‹ wie auf dem ersten Zettel. Sie drehte ihn hin und her und zerknüllte das Papier schließlich zu einem kleinen Bällchen. Im Kaffeekessel war noch alter Satz. Sie wusch ihn aus und kochte sich einen guten Kaffee. Wie dumm sie doch war, daß sie nicht mehr Kaffee gekauft hatte, als es ihn zum Sonderpreis gab! Sie saß einsam da und überlegte: Da hätte sie doch viel zu schwer zu tragen. Nein, sie würde nicht einkaufen gehen. Sie schaute in den Kühlschrank. Die Eierkuchen waren halb vertrocknet. Sie hatte zu viele gemacht. Das ärgerte sie. Sie hatte etwas Gutes tun wollen, und es hatte sich wieder als falsch erwiesen.

Um von ihren trüben Gedanken loszukommen, dachte sie an den vergangenen Tag, durchlebte die Bootsfahrt noch einmal in Gedanken und schloß die Augen. Sie verstand Monika, die ein Sommerhaus und ein Boot haben wollte. Wie schön es doch gewesen war! Gleichzeitig verstand sie auch den Sohn. Per-Erik konnte kaum einen Nagel einschlagen, ohne daß der krumm wurde. Das Haus würde ihn besitzen und nicht umgekehrt. Es gab immer etwas zu reparieren und in Ordnung zu bringen. Wie anders als sein Vater war der Junge geworden! John war so geschickt in allem.

Der Junge hatte in den Schulferien beim Kaufmann gearbeitet, statt in der Landwirtschaft zu helfen. Wenn die Leute ihn fragten, was er werden wollte, wenn er groß wäre, hatte er geantwortet, daß er mehr mit dem Kopf als mit den Händen arbeiten wollte. Er war ein aufgewecktes Kerlchen. Und der Schullehrer war zu ihnen nach Hause gekommen und hatte gesagt, daß sie den Sohn studieren lassen müßten. Sie hatten ihm geholfen, wie sie nur konnten, und Per-Erik hatte im Hotel in der Garderobe gearbeitet, um sich Geld fürs Studium zu verdienen. Sie hatten ihm schon zu Hause beigebracht, seine Pflicht zu tun, keine Schulden zu machen, die er nicht begleichen konnte. Deshalb überlegte er immer alles genau, ehe er etwas unternahm. Er betrachtete die Dinge von mehreren Seiten, er sah die Vor- und die Nachteile. Das Reihenhaus hatte er wohl gekauft, um aus der Stadt ein klein wenig herauszukommen, ein Stückchen Grün sein eigen nennen zu können.

Wenn sie gekonnt hätte, wäre sie nach draußen gegangen und hätte an der Hecke das Unkraut gejätet. Wenn sie mit der Waschmaschine zurechtgekommen wäre, hätte sie gewaschen. Sie hatte noch nie mit einer Maschine gewaschen und wußte nicht, auf welche Knöpfe sie drücken mußte. Es lag viel schmutzige Wäsche im Keller, und auch ihr Kleid, ihr Nachthemd und ihre Schlüpfer waren schmutzig. Sie nahm ihre eigene Wäsche, ging ins Bad und weichte sie im Waschbecken ein.

Sie suchte in den Schubkästen nach einer Wäscheleine, fand aber nur Bindfadenendchen, die sie aneinanderknotete. Dann ging sie hinaus, um die Leine zu ziehen. Sie stand ratlos da. Da gab es nicht zwei Bäume, zwischen die man die Leine hätte spannen können. Etwas, das zu Hause auf dem Lande ganz selbstverständlich war. Sie fühlte sich so hilflos. Der Zaun war so niedrig, aber trotzdem band sie das eine Ende daran und das andere an den Gartentisch. Sie wusch und hängte dann auf. Die Sachen schleiften auf dem Boden. Ja, du mein Gott!

Wie schön hatte sie es gehabt, wenn sie im Sommer unten am Ufer des Sees wusch. An den Winter wollte sie nicht denken, der war zu hart. Wohl aber an den Sommer, wenn sie die Leine zwischen Birken gespannt hatte und die Wäsche im Wind flatterte. Sie hatte den Vesperkorb mitgenommen, Johns Hemd ausgebreitet und sich darauf gesetzt und Kaffee getrunken. Und der Hund war dabeigewesen. Hier konnten sie keinen Hund halten. Das sah sie ein. Tej konnte nicht den ganzen Tag allein sein, während sie arbeiteten. Alle Hunde gingen hier an der Leine, und er war es doch gewohnt, frei herumzutollen. Sie mußte mit Per-Erik sprechen und ihm das sagen. Niemand konnte ewig leben, nicht einmal ein Hund.

Sie ging hinein und legte sich aufs Bett. Der Schlaf war ihr eine willkommene Zuflucht, wenn sie vor Probleme gestellt wurde. Sie schlief lieber, als daß sie ziellos von Fenster zu Fenster lief und dabei grübelte. Die Aussicht kannte sie schon zur Genüge. Eine Straße und Häuser, die eins wie das andere aussahen. Es war alles schön und gut, doch sie fühlte sich hier nicht zu Hause.

Monika und Per-Erik kamen später als sonst, so wie es auf dem Zettel stand. Beide sahen abgehetzt aus und schleppten sich mit Einkaufsbeuteln.

Signe schaute sie fragend an.

»Ist etwas nicht in Ordnung?«

»Aber nein.«

Monika hatte Fertiggerichte gekauft und stellte sie auf den Tisch. Keiner sagte etwas, und das Schweigen war bedrückend.

»Ich gehe zurück nach Solgården. Das ist wohl das beste für uns alle«, sagte Signe schließlich.

»Ich verstehe, daß es Tantchen langweilig wird, wenn sie den ganzen Tag allein herumsitzt«, meinte Monika.

»Es ist schwer, wenn du hier niemanden kennst, mit dem du sprechen kannst, aber du kannst uns immer mal besuchen«, sagte der Sohn.

»Wenn ich darf.«

»Natürlich darfst du.«

»Da habe ich jedenfalls etwas, worauf ich mich freuen kann.«

»Bist du von uns enttäuscht?« fragte Monika.

»Nein, überhaupt nicht, ihr lebt ja euer Leben.«

»Wir könnten uns vielleicht noch etwas Nettes für Tantchen einfallen lassen, ehe ihr fahrt.«

»Ich habe doch schon das Meer gesehen.«

»Wir könnten an einem Abend in ein Restaurant gehen und gut essen.«

»Oder nach Skansen gehen und die Tiere ansehen«, schlug der Sohn vor.

»Es ist gut, so wie es ist«, sagte die Mutter.

»Es ist wirklich schade, daß man keine Zeit füreinander hat«, sagte der Sohn nachdenklich.

»Das war früher vielleicht auch nicht viel besser, als die Alten in einem zugigen Häuschen auf dem Altenteil wohnten und zu den jungen Leuten zum Essen gehen mußten. Es ist nicht leicht, wenn man sich wie ein Eindringling vorkommt«, sagte die Mutter.

»Wann hattest du gedacht zu fahren?« fragte der Sohn.

»Wann es dir paßt.«

»Das wäre am Sonnabend, und dann fahre ich Sonntag zurück.«

»Aber da haben wir doch unser Betriebsfest«, sagte Monika.

»Das geht auch ohne mich. Diese Feste haben mich noch nie interessiert«, erwiderte er.

»Darf ich den Kaffeekessel mitnehmen?« fragte die Mutter.

»Natürlich. Und ich werde dir einen neuen Koffer kaufen.«

»Der alte geht noch.«

»Den habe ich schon in den Müll getan«, sagte der Sohn.

»Ich kann ihr meinen borgen«, sagte Monika.

»Nein, sie soll einen eigenen haben.«

»Denkst du, daß ich in Solgården im gleichen Zimmer wie früher wohnen kann?« fragte die Mutter.

»Ich werde anrufen und die Heimleiterin fragen«, antwortete er.

»Es ist schön, wenn man allein wohnen kann, besonders nachts, wenn ich aufstehen und ein Weilchen herumlaufen muß. Dann störe ich niemanden.«

»Stehst du nachts immer auf?«

»Ab und zu – wenn es in den Beinen kribbelte und es im Bett zu warm wurde.«

»Aber jetzt geht es ja auf den Herbst und Winter zu, und es wird kälter«, sagte der Sohn.

»Es ist schön, daß man nicht mehr Schnee zu schippen braucht und sich keine Sorgen mehr wegen des Feuerholzes machen muß. Und es war so weit bis in den Kaufladen. Du hattest recht. Wenn ich jetzt darüber nachdenke, ich hätte nicht mehr allein zu Hause wohnen können. Aber gerade damals war es, als würde einem das Herz aus dem Leibe gerissen.«

»Ich verstehe, daß es sehr schwer gewesen ist«, sagte der Sohn leise.

»Du wirst es selbst erleben, wenn es einmal soweit ist. Ich habe jedenfalls noch dich.«

»Und ich kann nicht viel für dich tun.«

»Du bist da, und das genügt. Hast du einmal darüber nachgedacht?«

»Nein.«

»Ich meine nicht nur praktische Dinge, die du regelst, sondern auch das andere.«

»Wie meinst du das?«

»Daß du manchmal an mich denkst. Das ist schön zu wissen. Da erträgt man die Einsamkeit besser und findet Trost.«

»Ich bin ein schlechter Tröster«, sagte er.

»Man braucht nicht alles mit Worten zu sagen.«

»Es ist nicht richtig«, sagte Monika, die die ganze Zeit über geschwiegen hatte, »daß alte und kranke Leute immer nur herumgeschubst werden. Es gehört zu den Menschenrechten, daß man ein sinnvolles Leben leben kann, nicht nur solange man produktiv ist.«

»Der Pflegeapparat ist uns über den Kopf gewachsen«, meinte Per-Erik.

»Der Pflegeapparat – was für ein entsetzliches Wort. Ich habe Angst davor, alt zu werden«, erwiderte sie. »Angst davor, allein hinter einem Wandschirm zu liegen und zu sterben oder mit Schläuchen und am Tropf am Leben gehalten zu werden. Ich habe Angst, hört ihr das?«

»Sprechen wir nicht davon«, sagte Per-Erik.

»Nein, von so etwas spricht man nicht. Wird es etwa besser davon, daß man es unter den Teppich kehrt?« Monikas Stimme klang verzweifelt.

»Es war gut für John, daß er nicht so zu liegen brauchte«, sagte Signe leise. »Es gab eine Zeit, da hatte ich genau solche Angst wie Monika«, fuhr sie fort.

»Müssen wir denn in der kurzen Zeit, die wir zusammen sein können, von so etwas Unangenehmem sprechen? Gibt es denn nichts Erfreulicheres?« bat der Sohn.

»Du hast doch selbst Angst, aber du willst es dir nicht eingestehen«, sagte Monika.

»Ja, ich habe Angst, ich möchte am liebsten nicht an den Tod denken. Das gilt doch wohl für alle.« Der Sohn schaute zu Boden.

»Nicht einmal vor dem Tod sind wir gleich«, sagte Signe. »Wer an Auferstehung und das ewige Leben glaubt, kann wohl keine Angst haben. Für den ist es nur ein Übergang zu etwas Besserem. Wer aber zweifelt ...«

»Ja, was soll man glauben?«

»Ich weiß nicht, was ich glauben soll«, sagte die Mutter, »doch jetzt bin ich soweit, daß, wo mir so viele in den Tod vorangegangen sind, auch ich den Weg gehen muß. Wir entgehen dem nicht, und ich habe keine Angst mehr.«

Monika stand auf und räumte den Tisch ab. Es dämmerte schon.

»Ich hätte eigentlich waschen müssen«, sagte sie.

»Ach ja.« Signe stand auf und ging nach draußen, um ihre Wäsche zu holen. Die Leine mußte hängenbleiben, denn sie konnte die Knoten nicht aufkriegen.

»Ich habe heute ein paar Kleinigkeiten gewaschen.« Sie stand mit den Sachen im Arm da und roch daran. »Sie riechen gut, wenn sie draußen gehangen haben«, sagte sie.

»Ich arbeite ein Weilchen«, sagte Per-Erik und verschwand in seinem Arbeitszimmer.

Monika ging in den Keller und tat die schmutzigen Sachen in die Waschmaschine.

Signe stand mit einem Mal allein mit ihrer Wäsche da und fragte sich: ›Muß das hier so sein? Nur immer von einem zum anderen jagen. Essen, schlafen und arbeiten. Welche Freude haben die an den schönen Möbeln und einem Haus, wenn sie nie Zeit haben, es zu genießen?‹

Sie ging in ihr Zimmer. Sie konnte das nicht verstehen.

16

Am nächsten Tag kam Per-Erik mit einem großen, schönen Koffer, der nach Leder roch, nach Hause. Ein billigerer hätte es auch getan, dachte Signe, sagte aber nichts. Sie hatte Angst, mißverstanden zu werden. Der Sohn wollte ihr das Beste vom Besten geben, und da war es doch nicht angebracht, gleich wieder zu nörgeln. Der Koffer würde eines Tages doch ihm gehören. Früher hatte sie solche Gedanken nie gehabt, jetzt erlebte sie alles wie etwas, das ihr nur leihweise überlassen war. Sie trauerte um den Tag, der vergangen war. Sie glaubte nicht, daß sie viel tat, und trotzdem sehnte sie sich, wenn sie morgens erwachte, schon nach dem Abend. Sie wußte nicht, was sie anfangen sollte. Alles, worüber sie mit dem Sohn sprechen wollte, blieb ungesagt. Sie saßen abends schweigend vor dem Fernseher und schliefen halb, oder aber die jungen Leute gingen weg. Mitunter gemeinsam, mitunter getrennt.

An einigen Tagen kochte sie noch nicht einmal Essen für sich, obwohl sie reichlich Zeit dafür hatte. Bis die jungen Leute nach Hause kamen, lebte sie von Kaffee und belegten Broten. Sie ging auch nicht hinaus. Ihr war, als müßte sie fallen, wenn sie auf die Straße kam. Sie konnte eine ganze Zeitlang unbeweglich mit der Häkelarbeit auf dem Schoße draußen sitzen. Sie konnte den Verkehr draußen auf der Straße sehen, ohne dabei etwas zu denken. Die Einsamkeit lähmte sie körperlich und seelisch.

Wenn die jungen Leute nach Hause kamen und fragten, was sie den Tag über getan hatte, log sie und sagte, daß sie in den Park gegangen wäre und dort gesessen hätte. Daß sie auf einer Bank mit fremden Leuten gesprochen hätte. Aber ja, es war sehr nett gewesen. Sie log und wußte nicht, warum. Sie wünschte, es wäre wahr gewesen.

Hinterher bereute sie es und wollte sagen, wie es wirklich war, doch sie wollte die jungen Leute nicht traurig machen. Die wollten doch, daß es ihr hier gefiel! Die konnten doch nichts dafür, daß sie nicht mit anderen sprechen wollte.

Sie schämte sich vor sich selbst. Sie hatte dem Jungen eingeschärft, immer die Wahrheit zu sagen, und nun log sie selbst. Was war nur in sie gefahren? Sie wußte es nicht, das hatte sie früher nie getan. Wenn John dabeigewesen wäre, hätten sie sicher auf dieser Bank gesessen, und er hätte dabei mit fremden Leuten gesprochen. Er hätte etwas zum Wetter gesagt oder mit einem Kind gescherzt. So war er. Sie war nicht so. Sie hatte immer solche Angst, daß sie sich aufdrängen würde. Ohne ihn war sie nur ein halber Mensch. Unsicher und unentschlossen. Ja, ja.

Der Koffer stand noch ungepackt in ihrem Zimmer. Es war nicht so eilig wie damals, als sie zu ihnen fahren sollte. Da hatte sie schon mehrere Tage im voraus gepackt. Immer wieder aus- und eingepackt. Jetzt war sie sich darüber klargeworden, daß so etwas in einer Stunde getan war.

Sie bat Per-Erik, mehr Kaffee zu kaufen, und von Monika bekam sie als Überraschung eine neue Strickjacke. Nie zuvor in ihrem Leben hatte sie so viel Neues bekommen wie jetzt, und trotzdem fehlte ihr etwas. Vielleicht war sie undankbar? Sie ging mit sich selbst zu Gericht. Es war nicht deren Schuld, daß sie sich nicht wohl fühlte. Sie versuchten es ja auf jede Art. Nur paßte sie nicht in das Muster. Es war so, als versuchte man, ein viereckiges Puzzleteilchen in ein rundes Loch zu legen.

Ja, ja. Sie hatte das Ihre getan, sie hatte ein langes und arbeitsreiches Leben hinter sich. Es war nicht nur immer Glück gewesen. Gewiß, sie hatte sich mitunter fortgesehnt, besonders, als sie erst kurze Zeit verheiratet waren, ehe das Kind kam. Doch sie war erzogen worden, sich in ihr Schicksal zu finden. Sich zu finden – zu sich selbst zu finden.

Sie mußte sich allein ohne John zurechtfinden. Den Schwerpunkt in ihrem Inneren verlagern, um nicht das Gleichgewicht zu verlieren. Sie erinnerte sich an ein kleines Männchen, das der Junge als Spielzeug gehabt hatte. Dessen Schwerpunkt lag so, daß das Männchen nicht umfallen konnte, was man auch tat, um es umzuschubsen. So müßte man sein. Sich wieder aufrichten wie das Gras, auf das man tritt.

Sich selbst der Nächste sein – vielleicht war es so, daß man nur sich selbst hatte, worauf man sich verlassen konnte? Es gab wohl eine Einsamkeit in jedem Menschen. Die hatte sie nur früher nicht entdeckt. Sie wußte nicht, wie sie die ertragen sollte.

In Solgården hatte sie die Einsamkeit als schwer empfunden, aber sie war von der Hoffnung beflügelt worden, daß alles gut werden würde, wenn sie nur zum Sohn kommen könnte. Jetzt war sie bei ihm. Trotzdem fühlte sie sich nicht dazugehörig.

Sein Leben war nicht ihres, und sie konnte die Zeit nicht zurückdrehen.

Sie mußte verstehen.